U0477554

划过那心海的小船　纵然一身疲惫

也不放弃活着的信仰

始终扬起生命的风帆　坚持划起人生的双桨

奔赴理想的彼岸

追求空灵的境界

享受大爱的美好

划过心海的小船

李仲才｜著

海峡出版发行集团｜海峡文艺出版社

图书在版编目(CIP)数据

划过心海的小船/李仲才著. —福州:海峡文艺出版社,2024.8
ISBN 978-7-5550-3785-9

Ⅰ.I227

中国国家版本馆 CIP 数据核字第 2024S788M2 号

划过心海的小船

李仲才　著
出 版 人　林　滨
责任编辑　蓝铃松
助理编辑　吴飕茉
出版发行　海峡文艺出版社
经　　销　福建新华发行(集团)有限责任公司
社　　址　福州市东水路 76 号 14 层
发 行 部　0591—87536797
印　　刷　福州力人彩印有限公司
厂　　址　福州市晋安区新店镇健康村西庄 580 号 9 栋
开　　本　720 毫米×1010 毫米　1/16
字　　数　250 千字
印　　张　22.5
版　　次　2024 年 8 月第 1 版
印　　次　2024 年 8 月第 1 次印刷
书　　号　ISBN 978-7-5550-3785-9
定　　价　68.00 元

如发现印装质量问题,请寄承印厂调换

自 序

用诗表达和表现对人生、现实、生活、时代、历史、自然等的思考、感悟，是我这本诗集《划过心海的小船》的主旨。中国是诗国，唐诗是中国诗歌的高峰。对唐诗的倾心，使我时常步入唐诗的王国，汲取唐诗的丰厚养分，浇灌我的诗心田园。同时，现代诗歌也让我感触颇多，受益匪浅，它们让我从现代视域、现代境遇审视领略诗的魅力和永恒。

早在我读大学期间就有一种写诗的冲动，但却迟迟未能动笔写出一首称得上是诗的诗。当时我们中文系八二级（三）班爱好诗的同学们将他们诗作汇编成集，取名《课余集》，共三辑。这三本是当时同学用蜡纸刻写、油印而成的。这三本诗集至今我还保存着，它们虽然经过近四十年，已变陈旧，但是它们却记录那些写诗同学们的诗情、诗心，留下了他们和我的美好大学时光。这三本诗集，也成了我近年来写诗的一种精神养分。

其实我用诗歌来表达和表现对人生、现实、生活、时代、历史、自然等的思考、感悟，在我出版的《与你共悟人生》《与你共寻生命本真》《与你共游思想田园》中已有陆续的呈现，但只是零星的呈现。在完成《与你共游思想田园》之后，从 2021 年 1 月开始我就专注于写诗，直至 2023 年 6 月结束，历时两年半时间，共写了 216 首所谓的“诗”吧。这 216 首诗将分为乡愁绵绵、千年遗存、遇见四季、你的天空、我也曾、平凡的你我、偶感我们、今生情缘、走过岁月、人在天地间、来人间、人生每一页、生命如花、时间背影、世界有感、心灵透悟、自然景致、战争之思、历史偶感等共十九辑。在这些诗中，我带着思想、情感去追逐诗化语言和感性具象，让诗化语言和感性具象承载着自己的思想和情感。在这写诗过程中，犹如是划过心海的小船，一次次划过心海，一次次挑战超越；苦渡那曾经的坎、那曾经的劫；苦寻那曾经的难忘、那曾经的失落；迎接那升华的快乐、那净化的喜悦；收获那思考的结晶、那透悟的果实。每一行诗句的成就都是心血的凝聚，都是与诗魂的遇见；每一首诗作的完成都是思想、情感的一次诗化，都是诗情、诗心的一次飞扬。

诗，永远是人类的最美遇见，永远是心灵的最佳呈现，永远是审美的最高意境。愿这本诗集能够给大家带来别样的诗之旅，能够为大家带来美好的诗之感受。

目　录

第三辑　遇见四季

第四辑　你的天空

第七辑　偶感我们

第八辑　今生情缘

第九辑　走过岁月

第十五辑　世界有感

第十六辑　心灵透悟

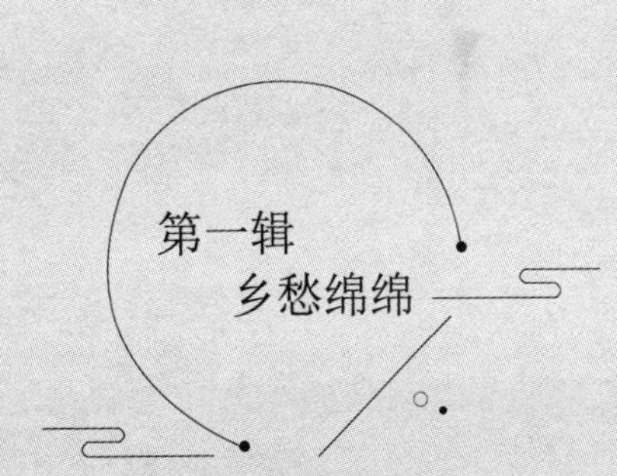

第一辑 乡愁绵绵

山村的悲情

山依然是那座山
溪依然是那条溪
村庄已不是那昔日的村庄
不见大人们忙碌奔波
不见小孩们喊叫嬉戏
只见破落不堪的房屋
只见长满小草的村道

几户人家还散居在村里
住在有些年代的老房子
耕种着一点点的田地
因为他们的存在
村庄还可见到袅袅炊烟
还可听到鸡鸣狗吠
他们延续着村庄脆弱的生命
保存着村庄微弱的人气

许多村民陆陆续续走出大山
他们不愿像祖辈那样的活着
他们要在山外寻找新的生活
他们慢慢在山外落地扎根了
从此与故土渐行渐远

故乡只留存在记忆的画册里
有时会偶尔翻看翻看。

许多繁衍数代的山村
如今跟不上时代步伐
终因没有了人气
没有了生气
越来越寂寞和衰落
寂寞得让人心慌
衰落得让人心寒
它们最终都将尘封其历史
消失在人类前行的长河里
只留存在子孙的记忆里
只做人类社会的研究对象

（2021 年 5 月 6 日）

游子情结

月圆挂天边
月光洒满地

十五中秋夜
游子倍思亲

父母健在时
总想把家回

温馨的港湾
来停停歇歇

妈妈的味道
来细细品品

爸爸的米酒
来好好喝喝

双亲已远去
无家可回去

遥远之村庄
心中之风景

乡间小溪水
流淌记忆中

老屋旧模样
印在心房里

落叶要归根
几人能成行

长居在他乡
再也难归乡

故乡渐行远
唯有长相思

心海升明月
常怀故乡情

（2021 年 9 月 21 日中秋节）

老家在山里

老家在山里
绵绵群山将它拥抱
潺潺溪水为它歌唱
村口那两棵红豆杉
情侣般厮守六百年
迎来送往一代又一代
村里那古老银杏树
年年结满金黄果
年年飘落金黄叶
带来三百多个秋天问候
座座木屋错落在山间
为人们挡风遮雨
让人们休养生息
一座木屋就是一个故事
每个故事都装着老家的今昔
外面的世界很精彩
老家人都已走出了大山
外面的世界也很无奈
可老家人也不愿再回大山
寂静的老家
寂寞的老家
期待亲人们归来

让它重获新生
让它生机盎然

（2022 年 7 月 10 日）

他乡变故乡

站在他乡
望着远方的故乡
多少游子无限感慨
故乡已是记忆
故乡已是回忆

自从离乡那一别
就与故乡渐行渐远
多少游子再也没有归根
故乡只是一首儿时的歌
故乡只是一杯相思的酒

四海为家
心安即是家
多少游子把他乡变故乡
故乡成了生命的符号
故乡成了人生的驿站

（2022 年 12 月 3 日）

思乡情

故乡在远方
相隔千山万水
就像风筝断了线
落地在他乡
再也飞不回

故乡在心中
走过许多地方
经过许多往事
只有乡音最亲切
只有乡情最难忘

故乡在梦里
想回已回不去
想忘也忘不了
那长长的思乡情
留在无尽的梦乡中

（2022 年 12 月 18 日）

故乡，你还记得我吗

故乡，你还记得我吗
那年我离开你
背着装满希望的行囊
去寻找我的未来
曾幻想回来的那天
能衣锦返乡光宗耀祖
可我那一别
并不能如愿以偿
成了远方孤独的游子
再也感受不到你的气息
再也品尝不到你的味道

故乡，你还记得我吗
我终于拖着疲惫的身躯
挎着失落的行囊
悄悄回到你的身边
只见你已不是从前的你
大家的纷纷离去
也让你变得萧条，变得寂寞
你也把我忘记了吧
望着你孤独冷清的样子
我知道我改变不了你

我知道我已是你的过客
我将带着愧疚又要离你而去
我将怀着乡愁在梦中与你相拥

（2023 年 3 月 4 日）

故乡的等待

那年你们离我而去
我没有挽留只有不舍
我知道我留不住你们的身
更留不住你们的心
在我这里
你们只能守在一亩三分地里
你们只能日出而作，日落而息
当你们知道外面世界的精彩后
你们的心就开始飞往远方
从此我就留不住你们的身心
你们络绎不绝地离开
让我慢慢衰落下去
让我变得孤单凄凉
我只能伤心地等待
我只能寂寞地等待
在无尽的等待中
我幻想有一天你们的归来
带着新理念新办法
也让我与外面一样精彩

（2023 年 3 月 17 日）

故乡山水

走过千山万水
又见故乡山水
那山依然那么翠绿
那水依然那么清澈
山风还是那样呼呼
溪水还是那样潺潺

走在故乡山水间
尽情呼吸
让清新清爽穿越心田
尽情呼喊
让烦闷烦躁飞离心房

故乡山水
总让人依恋
总让人念想
带不走的故乡山水
成了梦中的风景
成了心中的乡愁

（2023 年 4 月 8 日）

故乡的夏夜

又是夏天的夜
明月高挂天边
月光洒落群山
照亮静谧故乡
只听蛙声阵阵
只看荷花绽放
只闻山果飘香
只觉凉风拂面

在月色映照下
村民寥寥无几
聚坐在凉亭里
放松一天劳作
闲聊俗话家常
因为他们留守
村庄烟火依存

故乡的夏夜啊
那清新的意境
那浓浓的乡韵
如诗意水墨画
挂在游子心房
抚慰游子乡愁

（2023 年 6 月 13 日）

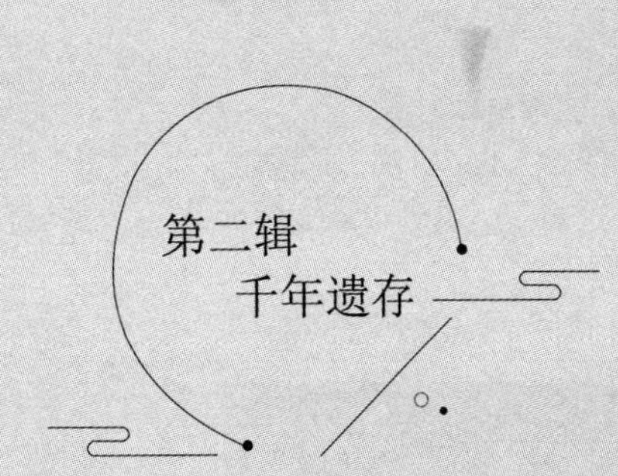

第二辑 千年遗存

千年乌木

那场电闪雷鸣
那场狂风暴雨
那场滔天洪水
那场泥石巨流
将我深埋地下千年

土壤的挤压
木质的炭化
岁月的煎熬
我永久失去了绿色的生命
变成了黑漆又僵硬的乌木

曾经挺拔傲立
曾经枝繁叶茂
曾经沐浴阳光
曾经鸟儿相伴
都成我千年的记忆

在森林家园
原以为要永远孤独下去
可来了一群人
惊醒了我千年的梦

那些懂我要我的人
把我带出了深山老林
有幸走进人类的视野
成了世间难得的宝物

无论怎样使用我
原始展示也罢
精雕细刻也罢
我都怀感激之情
因为那是我生命的再生
我愿将千年累积的精华
木的古雅
石的神韵
独美的色泽
别样的清香
献给懂我爱我的人

（2021 年 12 月 10 日）

千年古道

走在人迹罕至的古道上
前边无来者
后边无跟者
显得那么孤单
感到那么冷清
再也看不到扛着锄头劳作的农夫
再也看不到抬着轿子迎亲的队伍
再也看不到背着包袱赶考的秀才
再也听不到耕作晚归的牛哞声
再也听不到信使而过的马蹄声
再也听不到卖货小贩的吆喝声

站在布满杂草的古道上
时空好像凝固在久远的年代
有一种凄凉感涌上心头
有一种沧桑感占据心胸
想问一问千年前的古人
你们曾有的岁月是否静好
你们曾有的生活是否顺心
你们曾有的命运是否自主
尽管这是永远没有答案的问
但却不由得让人去问一问

回望渐行渐远的古道
就像与千年老者告别
他有着说不尽的千年故事
他有着道不完的千年传说
他以今生的荒凉在告诉世人
没有永恒的一切
没有一切的永恒
让人不免一声叹息
让人不免一阵伤感
不知何时能再与他相见

（2022 年 2 月 17 日）

千年戏台

来到古老的村落
走进古老的祠堂
看见古老的戏台
历经千年的风霜
那戏台容貌依旧

望着那空荡荡的戏台
遥想曾经的演出盛景
那祠堂里定是人头攒动
那锣鼓声定是不绝于耳
那演戏的人定是认认真真
那看戏的人定是痴痴迷迷
那戏台上下定是其乐融融

走过千年的那戏台一定是
演绎了许许多多动情故事
讲述了许许多多恩怨是非
装载着无数代演员的心血和汗水
慰藉着无数代观众的情感和心灵

经过千年的沧海桑田
那些演员和观众

都已落在了历史的尘埃中
可那戏台却依然存留下来
不免令人唏嘘和慨叹

尽管千年戏台已物是人非
但它留给人们的感悟
永远是
戏里的无不是戏如人生
戏外的无不是人生如戏

（2022 年 3 月 15 日）

千年古榕

当我是种子时
与大地接触的那一刻
我就把一生托付给那厚实的土壤
那时我不知未来会如何
我只一心发芽生根
向下将根深深扎进泥土
向上冲破土壤奔向光明
当我拥抱阳光、雨露时
看到了高高的蓝天
听到了鸟儿的唱曲
发现了身旁的树伙伴
我不再孤单、寂寞
日子一天天过去
我也一天天茁壮成长
长成了参天大树
不知是什么时候
有人来到我周边安家
后来他们慢慢发展成为村落
他们一代又一代在这里相传
我成了他们中的一员
成了他们历史的见证
当有一天有人在我身旁立块牌

牌子上面写着“榕树，树龄 1001 年”
我才知道自己是已度过千年的榕树
千年来我在这村里
曾迎来了一代又一代人
也送走了一代又一代人
可惜如今村里人已寥寥无几
我常静静望着蓝天白云
怀念在我巨大的树冠下
聊天的大人、嬉闹的小孩
很欢迎远道而来的朋友
看看我千年的风采神韵

（2022 年 4 月 8 日）

千年村落

绕过几道弯
翻过几座山
又来到那村落

那条村中的古街
铺着满是沧桑的山石
留下千年不变的印记

那条村旁的溪流
流淌清澈透明的山水
一路唱着千年的歌谣

那座古老的祠堂
燃着祭祖的香火
不忘千年来时的路

那座座苍老的瓦房
经过宋元明清的洗礼
依然存有千年的神韵

走出村落的山里人
怀着希望与梦想

寻找都市的奇迹和繁华

走进村落的城里人
带着好奇和新鲜
体验山村的古朴与空灵

（2022 年 5 月 30 日）

千年城墙

一步一台阶
步步向上登
那每迈一步
就是向千年挺进

登上古城墙头
环看四周
已不见城外的烽火
已不闻城里的锣声
只见高楼林立
只听都市喧哗

那一砖砖垒起的高墙
那四面可进出的门楼
古人就这样筑起一城
为的是抵挡外人攻击
为的是自己安居乐业

千年的风雨
千年的沧桑
那堵残存的城墙
留下了古城的记忆

那些斑驳的砖块
讲述着古城的故事

走近千年城墙
只为聆听历史的足音
触摸千年城墙
只为感受历史的灵魂

（2022 年 7 月 26 日）

千年古寺

幽幽山林中
坐落一古寺
背靠山崖
面朝群山
有泉水流过
有松竹环抱
有鸟虫奏鸣

传说唐朝一僧人
云游到此地
见一山泉奔涌而出
望之清澈透亮
尝之清甜爽心
于是就地建庙拜佛
历经千年
小庙成大寺

千年来
晨钟悠悠
伴着旭日东升
开始一日修行
暮鼓沉沉

伴着夕阳西下
一日禅定收心

千年来
一代代僧人木鱼声中
虔诚念经一心向佛
一代代香客三根香火
跪拜默念祈愿祈福

（2022 年 9 月 13 日）

千年古渡

来到江畔
站在古渡口石阶上
望着流淌千年的江水
只听江水涛声依旧
却已听不到艄公吆喝声
也听不到渡客嚷嚷声
只见远处大桥飞跃南北
却已不见摇橹的木船来往
也不见汽鸣的轮船穿梭
这古渡口
千年来摆渡无数代人
但没能挡住时代的步伐
守不住昔日的繁华
留不下往昔的热闹
尽管它没落已久远
尽管它荒凉到永远
却有那石阶依然相伴千年
却有那江水依然相守千年

（2022 年 11 月 19 日）

千年古巷

走过千年的古城
都曾遍布无数的巷子
那些纵横交错的大小巷子
构成了千年古城的生命肌理
见证了千年古城的历史演变
经过千年的岁月洗礼
经过古城的千年发展
有些巷子已不复存在
有些巷子则有名无实
有些巷子还保留原状

烙有千年印记的古巷
无不承受千年的风雨
无不守着千年的孤寂
无不等待千年的奇遇
那些古巷的古老巷名
无不诉说其历史由来
那些古巷的古老宅院
无不讲述曾经的辉煌

走进古韵古香的千年古巷
穿过悠悠狭长的千年古巷

用眼去扫视千年的留痕
用耳去聆听千年的余音
用心去领略千年的韵味
在千年古巷中
感受千年的兴衰
拥抱千年的永恒

（2023 年 2 月 16 日）

第三辑 遇见四季

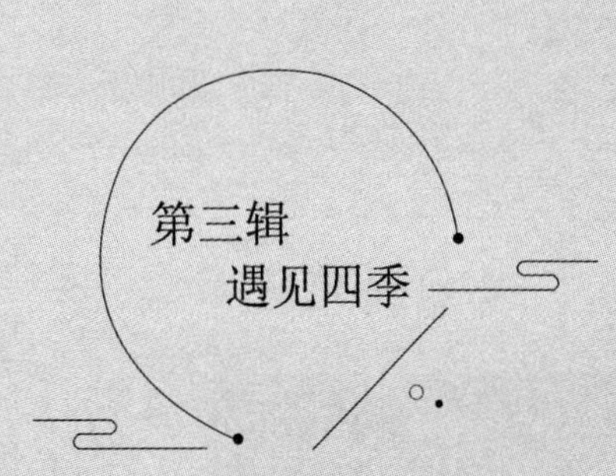

相　约

春风唤醒大地
暖阳铺满绿意
花儿盛装打扮
蜂儿热情赴约
不求长相厮守
只求彼此心悦

花儿倾听
蜂儿的喃喃细语
献上芳香甜汁
蜂儿亲吻
花儿的红红脸蛋
带来婀娜舞蹈

花儿不舍别离
但知有那一刻
嘱托蜂儿播撒
蜂儿依依惜别
装满深情厚谊
感谢花儿信任

（2021 年 2 月 5 日）

秋 叶

秋风劲吹凉意袭人
秋叶枯黄随风飘零
片片落叶堆满思绪
最后一吻无言结局

放眼望去满地金黄
拾起一片放在心房
感伤再无那绿色梦
感叹再无那绿意情

（2021 年 9 月 19 日）

遇见你，秋天

不论你早到
还是你迟来
我都在等待你的到来
一年四季你是我的最爱
你没有春日的暖洋洋
你没有夏日的热烘烘
你没有冬日的冷飕飕
你给我的永远是凉爽爽
在有你的日子里
天总是那么澄净透亮
地总是那么金黄灿烂
风吹过
带来一阵阵清爽
也带来一丝丝愁绪
雨落下
带来一阵阵凉意
也带来一丝丝伤感
秋风秋雨本无意
秋思秋念自多情
你让我清凉舒心
你也让我多愁善感
告别你的日子

虽然会依依不舍
但是又满怀期待
期待在四季轮回中
与你再次相遇
再次感受你的秋风秋雨
再次拥抱你的秋意秋情

（2021 年 10 月 13 日）

那场秋雨

已记不得哪一年
只记得那场秋雨
让人秋意浓浓
让人秋愁深深
窗外的雨如泣如诉
窗前的我如梦方醒
世间的有无若即若离
人间的爱恨难舍难分
早知爱情镜中月
何必苦苦去追求
早知人生终有别
何必痴痴去守候
秋风吹落秋叶
秋雨带来秋凉
一生到了秋
繁华已落尽
恩怨得失皆放下
自由平安才最真

（2022 年 1 月 18 日）

冬之三景

凛冽寒风
穿透肌肤
直达心底
冰冷二字
痛彻心扉

纷飞雪花
披上银纱
大地妖娆
有人欢喜
有人忧愁

天寒霜雪
腊梅怒放
特立独行
以其傲骨
拥抱世人

（2022 年 1 月 21 日）

悲　秋

秋风袭袭凉心头
一聚一散别离愁

秋雨滴滴穿心过
天各一方相思泪

秋叶片片落心底
望眼金黄伤满怀

秋情绵绵不绝期
朝朝暮暮一生缘

秋恋深深难割舍
曾经拥有最美好

（2022 年 9 月 20 日）

一秋一冬

秋又去冬又来，
一秋一冬总关情
秋，阵阵凉风，无情吹落叶
冬，阵阵寒风，悲情拍枯枝
秋，丝丝凉意，让人秋愁绵绵
冬，丝丝寒意，让人冬怨深深
秋，相逢的，是满怀期待
冬，相遇的，是坚韧意志
秋，收获金黄的果实，带来秋天的喜悦
冬，酝酿开春的播种，积蓄冬天的力量
秋，相伴一生，秋情秋意浓
冬，相随一辈，冬思冬恋深

（2022 年 11 月 6 日）

四季一景

春之暖风
带着暖意
带着温情
唤醒大地一片绿
催开百花阵阵香

夏之大雨
那是云朵的深情问候
那是烈日的急切期盼
补充万物的生命能量
抚慰人们的燥热情绪

秋之落叶
告别绿的家园
完成绿的使命
怀着金色的情思
回归到根的怀抱

冬之飘雪
是无数飘逸的精灵
以洁白的情怀和祝福
让大地变得洁白无瑕
愿人间充满清纯洁白

（2023 年 1 月 26 日）

春雨柔情

走过冬寒
迎来春暖
春雨如天使
带着万般柔情
细长细长的
软绵软绵的
飘落在大地
飘落在人间

是春雨的万般柔情
唤醒冬眠的草木
唤醒沉睡的山河
是春雨的万般柔情
呼唤人们春耕春播

春雨滋润万物
让小草娇嫩
让百花绽放
让千树染绿
春雨恩泽人间
让人满眼清新
让人洋溢希望

让人收获秋实

感谢春雨
春满大地，春色满园
感恩春雨
福惠人间，福暖人心

（2023 年 3 月 28 日）

第四辑 你的天空

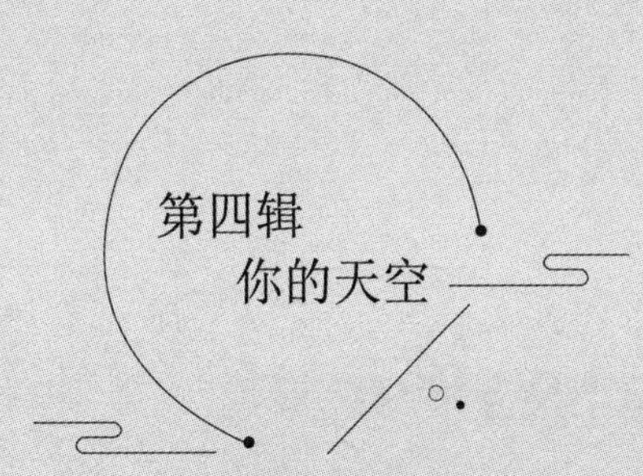

你是我生命中的一道风景

人生总是有不期而遇
你我相逢是今生缘
你我相处是今生分
你走进我的世界
我的生命中多了有缘人
你用美好打败了世俗的丑
告知我美丑总是要分明
你用良善战胜了世俗的恶
告知我善恶总是要较量
也许有一天
因人生各有归宿
你我各奔东西
远去的是你的背影
留下的是我的思念
你的美好
你的良善
构成了我生命中的一道风景
我会永远欣赏你的美好
我会永远赞赏你的良善

（2021 年 3 月 18 日）

感恩有你

与你相遇是今生的缘
与你相伴是今世的福
一起走过的日子不曾忘记
曾经无助的我
是你有力的双手拉着我同行
曾经困惑的我
是你帮我拔开眼前的迷雾
你的真诚让我放心
你的支持给我信心
你的理解使我动心
原以为我会与你结伴同行慢慢变老
可人生没有不散的筵席
走再远的路都有分手的那一刻
不知不觉中我与你渐行渐远
从互通信息到杳无音信
是不是人与人之间都是无言的结局？
今天不论你在哪里
我都感恩有你
远方的你是我一生的牵挂
我会在记忆的画册里寻觅你的身影
我会在思念的殿堂里回味你的美好

（2021 年 9 月 5 日）

你让我明白

你悄悄来到我的世界
你静静离开我的世界
你曾对我说
该来的总会来
该去的总会去
不必太在乎拥有
一切的拥有都是短暂的
不必太留意评价
一切的评价都是主观的
你的轻描淡写
你的泰然自若
我不曾太在意
我不曾有感悟
当我失去你
我才真正明白

（2021 年 9 月 23 日）

陪你寻找

好想再次拉住你的手
不让你从我身边溜走
说好的我们要一路听歌赏月
可你却没有守住那诺言
你说那首歌永远响在你脑海
你说那轮月永远挂在你心间

我在茫茫人海中再也找不到你
我知道你要放飞自我不要束缚
我想你一定无牵无挂游走四方
假如有一天你累了、你烦了
就请告诉我
我愿与你一起流浪天涯
陪你寻找那自由、快乐

（2021 年 10 月 29 日）

远方的朋友

那一别
你在天涯
我在海角
从此不曾相见
有时节日问候
最后再无沟通
也许各忙各的
将彼此忘却了

那天偶尔翻阅旧照片
又见你我合影在一起
又忆起你我相识相处
天涯的你
海角的我
因为机缘而相遇
从陌生到熟悉
一起走过一段路程
共看世间风云
共评人间百态
那段知音一遇的日子
却止步于各自的行程

你在天涯
我在海角
空间拉开了你我的距离
时间淡化了你我的记忆
今生今世
也许我们不会再相见
也许我们还会再遇见
无论结局如何
我都会怀念与你相处的日子
我都会感谢你带给我人生美好的插曲

（2022 年 1 月 8 日）

今生有幸遇见你

今生有幸遇见你
是我一生之福缘
你的温存
你的善解
如阳光驱散我心中的愁雾
如清流带给我透澈的心境
你的陪伴
你的慰藉
让我度过那艰难的时光
让我走出那心灵的困境
你的笑脸
是世上最美丽的花朵
你的笑声
是世上最悦耳的音乐
感谢你的一路相伴
感谢你的永远知心

（2022 年 2 月 7 日）

很想知道你的消息

曾经的相遇相识
曾经的一路同行
曾经的高谈阔论
昔日来往之情景
今又浮现在眼前
很想知道你的消息

人生最多不过百年
却有时光与你共度
那一定是我的福缘
纵然你我走散许久
那段岁月却难忘却
很想知道你的消息

人生各有各的行程
人生各有各的归宿
尽管你我空间不再交集
远方的你我还依然挂念
想必你一切都安好
很想知道你的消息

（2022 年 3 月 29 日）

你的背影

那年那月那天在路上
我看见一个熟悉的背影
那是你的背影
曾经我爱和爱我的人
我很想上去与你见个面
可我的心却告诉我的脚别动
一切都已过去
何必再去触动
何不让它平静流过
望着你远去的背影
我又后悔没能与你见面
假如我们彼此不固执
假如我们相互不冷漠
也许我们依然携手同行
也许我们还会共赏明月
不论你到哪里
不论你身处何方
你的背影已烙印在我心中
永远是我心中最美丽的剪影

（2022 年 4 月 3 日）

和你在一起

好想握着你的手
和你在一起
靠在窗前
边望那皎洁明月
边听那悠扬名曲
陶醉在美妙旋律中

好想牵着你的手
和你在一起
来到海边
看浪花跳跃嬉闹
听浪涛传来欢歌
流连在海天一色中

好想拉着你的手
和你在一起
登上山峰
一睹壮美之山色
一吹香甜之山风
尽享在无限风光中

（2022 年 4 月 17 日）

想起你时我就无眠

想起你时我就无眠
远方的初恋
你是否已把我忘却
原以为时光会冲淡对你的念想
可你却始终没有走出我的记忆
你是我今生的唯一

想起你时我就无眠
远方的挚友
也许我们余生再难相见
可你那一路指点迷津
让我走出心灵的困境
你是我今世的贵人

想起你时我就无眠
远方的故乡
你那繁华的落尽
你那无奈的叹息
让游子揪心和愧对
你是我一生的牵挂

（2022 年 4 月 29 日）

好想再遇到你

阔别已久的你
不知你今在何处
好想再遇到你
你我的那次相遇
是前世约好，今生缘定
我是你生命的过客
不曾久留就匆匆而别
你是我一生的贵客
给予我多彩的阅历

阔别已久的你
不知你今在何处
好想再遇到你
不知道还会不会再相遇
如果会
那一定是修来的福缘
那一定是美妙的奇迹
如果不会
我也会等待
也许会是永远的等待
但我愿在等待中
念想你我共享的时光
回味你我共品的美好

（2022 年 5 月 15 日）

你让我一生醉

今生有缘就遇见你
今生无缘就错过你
你善解人意
你通情达理
你和蔼可亲
你心地良善
一生总是期待与你相见
也许今生等不来你
也许今生遇不见你
但你依然是我一生的期待
你永远是一杯香醇的美酒
我想一生拥有你
我想一世守护你
你让我一生醉
你让我一辈痴

（2022 年 7 月 21 日）

收藏你

在人生路上
有幸遇见你
你如一篇美文
你的眼睛写着迷人
你的声音写着动人
你的微笑写着醉人
你的心地写着感人
不论你我走得有多远
我都要收藏你
不想在人生路上弄丢你
把你放进我的人生文件夹
慢慢读你的故事
细细品你的内涵

（2022 年 8 月 2 日）

你　如

你如春花
香醉了我久久的期盼
让我看到了生活的美好

你如夏雨
浇灭了我焦虑的心绪
抚慰了我灼伤的情感

你如秋风
吹散了我心中的愁云
带给了我人生的清爽

你如冬阳
温暖了我寒天的等待
让我听到了希望的脚步

你如四季
陪我走过那一程
我会一生念你想你

（2022 年 8 月 12 日）

彼此拥有又失去

在风中
听到你的呼吸
闻着你的芳香
感受你的温柔

在雨中
与你共撑小纸伞
与你共望天之水
与你共听落珠声

在人海中
紧握你的手心
生怕你的离去
感谢你的体贴

在人潮中
终于弄丢了你
四处找不到你
梦中又遇见你

彼此拥有
又失去彼此

命运总是捉弄人
缘分总是不由人

（2022 年 9 月 11 日）

多 想

多想，以一片云
穿过翠绿的峰峦
越过金黄的田野
缓缓靠近你

多想，以一阵风
伴着夕阳的余晖
陪着星辰的亮光
轻轻亲吻你

多想，以一缕香
散发温柔的芬芳
赶走孤独的寂寞
紧紧依偎你

（2022 年 9 月 26 日）

你的天空

你的天空
有时是那么清澈明朗
没有一片云
没有一丝风
湛蓝湛蓝的
好想融入你的怀抱

你的天空
有时是那么灰蒙黯淡
不见一片云
不见一丝风
阴沉阴沉的
多想驱散你的忧郁

你的天空
有时是那么绚丽多彩
道道阳光如五线谱
片片白云如跳跃音符
奏起欢快的乐章
感谢你带来的美好

你的天空
有时是那么乌云密布
刮着阵阵风
下着阵阵雨
诉说无尽的伤感
愿给你心灵的抚慰

你的天空
我的世界
分担你的伤痛
分享你的快乐

（2022 年 11 月 3 日）

相思的渡口

那一日与你别离
约好春暖花开再见
我在相思的渡口
没有等来你的诺言
那场红尘的相遇
留下美丽的画面
你的笑颜
你的温柔
是绚烂的花
是温馨的果
我愿划着相思的船
在人海中把你寻找
期待春暖花开与你重逢

（2022 年 11 月 28 日）

思念的河

那一阵阵风吹来
唤起我心中无尽的思绪
不知远方的你是否安好
好想让风儿捎去我的问候

那一阵阵雨落下
滴滴雨水汇成思念的河
我孤独地游着
不知道何时能游到你的岸

挥不去你的影子
抹不掉你的声音
只想在风雨中找回
你我点滴的真实

（2022 年 12 月 2 日）

拾起岁月

有时会忆起旧时光
想着与你同行那段路
那些磕磕碰碰的日子
在今天别有一番滋味
那些舒心开心的日子
在今天让人好生怀念
总以为来日方长
只可惜缘起又缘落
好想拾起你我的岁月
再一起看看日出日落
再一起走过风风雨雨
哪怕你有太多的唠叨
我也静静听着
哪怕你有太多的埋怨
我也默默陪着

（2023 年 2 月 28 日）

记住你自己

在茫茫人海中
你能记住多少人
又有多少人能记住你
想必是很少很少
大家能彼此记住
那一定是缘分
那一定是情义
在人生路上
所有人都可以不记住你
但唯有你却不可以不记住你自己
要知道在那又苦又短的人生中
是你陪伴你自己一生的始终
是你承受你自己一生的甘苦
是你遭遇你自己一生的风雨
记住你自己
就是不要忘记自己的存在
不要在忙碌中疏忽自己
不要在诱惑中迷失自己
不要在压力中累垮自己
记住你自己
就是要明白自己好才是真好
那就努力照顾好自己

那就全力保护好自己
那就尽力善待好自己

（2023 年 3 月 14 日）

那一握

打开尘封许久的记忆
在茫茫的记忆荒野里
想寻找走失的你
想对你再说一声谢谢
你曾温暖了失落的我

那天雨下个不停
冷风也吹个不停
失落的我
坐在那长椅上
你找到了我
坐在我身边
握住我冰冷的手
告诉我
你会一直捂到
我的手变暖和为止
那刻我哽噎无语
那刻我眼眶湿润

你的陪伴
你的温柔
你的良善

驱散我心中的阴霾
擦去我眼里的迷惘
找回了我的自信
坚定了我的前行

多年以后
你我各奔东西
慢慢失去联系
也许你已把我忘记
可你的那一握
却嵌入我的生命里
我会一生感恩你

（2023 年 5 月 20 日）

等你归来

风吹过
没有你的消息
雨下过
没有你的足迹
云飘过
没有你的身影
一直等你归来
想跟你说声对不起
我不该对你横加干涉
我不该对你约束无比
原有一些的欢乐
原有一点的开心
只留存在久远的记忆中
远走他乡的你
也许已将我忘记
但我却深怀愧疚
心中一直挂念你
愿你在远方过得好
忘了我对你的不是

（2023 年 6 月 4 日）

一生的情怨

风吹来的日子
有时想起你那飘逸的长发
雨落下的日子
有时想起你那爽朗的笑声
风不曾刮走我对你的思念
雨不曾洗去我对你的记忆
原以为
你可以常住我的世界
我也可以常住你的世界
可因为
世间没有天长地久
也没有什么海枯石烂
只有花开的欢心
只有花谢的伤感
只有缘起的惊喜
只有缘灭的失落
斩不断的情丝
缠绕在相思的树上
留下一生的情怨

（2023 年 6 月 20 日）

真期待

也许会遇见你
也许不会遇见你
不论是遇见
还是不遇见
天涯的你
海角的我
北方的你
南方的我
都在忙碌各自的生活
都在追逐各自的目标
曾经的相遇是那么有缘
曾经的相处是那么惬意
好怀念一起做梦的时光
好怀念一起浪漫的日子
真期待与你邂逅
真期待与你分享

（2023 年 6 月 21 日）

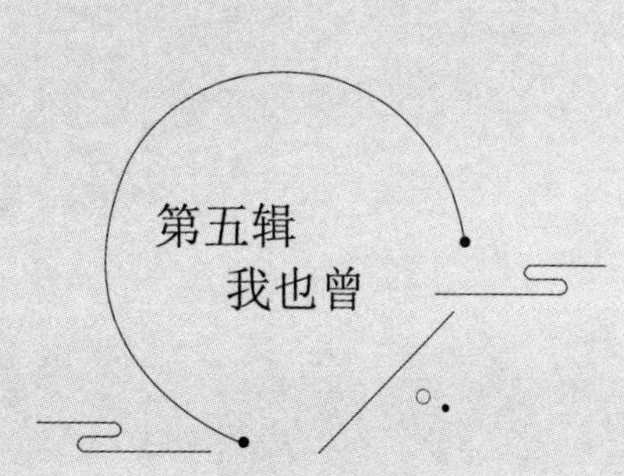
第五辑
我也曾

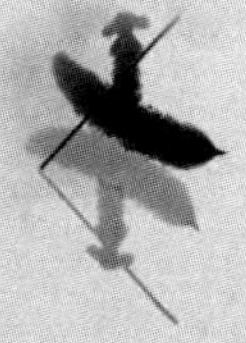

致我的双亲

纵有千般不舍
纵有万般不愿
岁月还是把你们带往天国
留下孩儿们独自活在尘世

望着空荡的房屋
再也见不到你们的笑容
再也听不到你们的话语
我们只有阵阵揪心的痛

没有你们的日子
才明白家的味道
那是温馨
那是依靠

好想时光倒流
你们永远年轻
我们永远年幼
相亲相爱到永远

愿你们如天使
飞入我们梦中

倾听我们的思念
接受我们的感恩

（2021 年 5 月 2 日）

我总是期待着

你从天边飘来
带着一股甜美
吹晕了我的心

我是路边小草
渴望长成大树
拥抱你的温馨

你是一片祥云
吹落滴滴细雨
滋润我的心田

我要化作和风
追逐你去远方
不论你到哪里

你闯进我的梦
看望我受伤心
却不给治愈药

我总是期待着
你带给我神力
让我自由飞翔

（2022 年 5 月 22 日）

我，这个世界

我知道我终将要离开这个世界
这个世界永远不会挽留任何人
我不会自作多情认为这个世界舍不得我

我知道我没有能力指点这个世界
这个世界永远不需要任何人指点
我不会自作聪明认为这个世界需要我指点

我知道我无权利改变这个世界
这个世界永远不会遵从任何人的意志
我不会自作了不起认为这个世界要靠我改变

我知道我不可能独立于这个世界
这个世界永远关涉到任何人的命运
我不会自作清高认为这个世界可以被我拒绝

其实在这个世界我们都是凡夫俗子
这个世界只是我们临时安放身心的地方
这个世界需要的是人们的呵护和尊重

（2022 年 11 月 30 日）

我与世界

我知世界存在
世界不知我存在

我对世界关注有加
世界对我视而不见

我在乎世界好坏
世界不在乎我好坏

我想逃离世界
世界却将我包围

我希望世界一切美好
世界却不如我的心愿

不论我在与不在
世界都永远存在

世界只是我今生的客栈
我只想做个快乐的过客

（2023 年 1 月 20 日）

记忆之河

昨天，不论是忧伤还是快乐
都是我记忆中的日子
都是我生命时光的构成
无数的昨天，汇成了我的记忆之河
有时会在夜深人静时
打开记忆的闸门
畅游在记忆之河中
让一幕幕人生图影掠过眼前
让一道道人生景象浮现脑海
感受一下那人生的又短又长
品味一下那人生的又厚又重
我知道昨天永不回来
也知道明天充满未知
那时只是想确认一下
今天的自我存在
今天的自我感觉

（2023 年 3 月 12 日）

我也曾

我也曾青春年少，梦想理想装满满
我也曾血气方刚，有棱有角抱不平
我也曾遇见爱情，心念会天长地久
我也曾心灰意冷，看不清前方目标
我也曾看重功利，虚荣面子难超脱
我也曾看破红尘，不为世俗所羁绊
我也曾孤傲清高，众人皆醉我独醒
其实自己只是凡夫俗子
人海中一叶舟
人潮中一浪花
苟且活在人世间
只想让自己生命的车轮
平稳行驶在人生的轨道上

（2023 年 5 月 23 日）

我不懂这世界为何是这般

是我不懂这世界
还是这世界不懂我
显然是我不懂这世界
不是这世界不懂我
因为这世界根本不知我存在

这世界就像是座迷宫
走进去觉得很好玩
在里面走来走去
想一定会走出去
结果却发现走不出去
我不懂这世界为何是这般

这世界就像是个超市
里面的商品琳琅满目
人们想买的东西一定很多
可人们的实力和时间有限
没有人能够样样都买齐
最终却买了很多无用的东西
我不懂这世界为何是这般

这世界就像是开着希望的店
卖着很多很诱人的希望
让人们心动也行动
可是能买到的寥寥无几
很多人都带着失望离开
我不懂这世界为何是这般

（2023 年 5 月 30 日）

站在旷野上

风夹着雨
雨裹着风
纠缠在一起
飘过我的发
打湿我的脸
我知道风不是有意的
我知道雨不是故意的
只因为我孤独立在旷野上

那风
那雨
变成一股力
使劲吹过我的发
用劲拍打我的脸
我知道那风已无情
我知道那雨已无义
只因为我伤心立在旷野上

（2023 年 6 月 16 日）

我的心

你离我那么远
我永远见不到你的样子

你离我又那么近
你与我分分秒秒在一起

你是那么真实的存在
你的跳动让我生命得以运行

你又是那么抽象的存在
你的宽容承载我所有的情思

你是我今生的天使
你带给我一生的生命活力

你是我今世的唯一
只有你的存在才有我的存在

（2023 年 6 月 27 日）

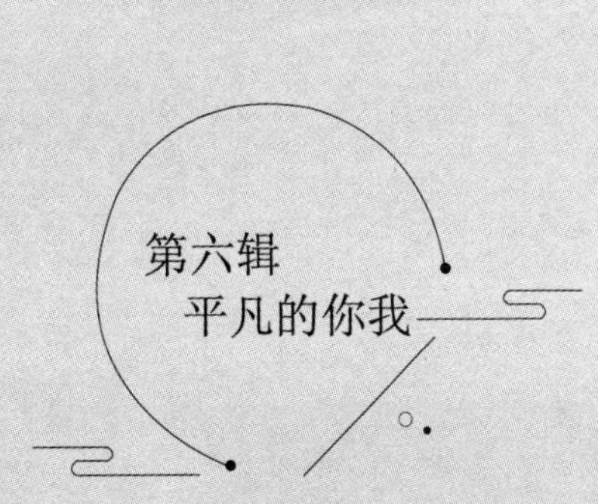

第六辑 平凡的你我

平凡的你我

是飘落在人间里的一粒种子
长在亲情中
活在人情中
渴望爱的照耀
期盼善的浇灌
春夏秋冬，四季轮回
风吹雨打坚持依旧
花开时节莫错过
争奇斗艳须尽欢
花落那刻莫悲伤
芳香飘逸已足矣

是漂泊在人海上的一叶扁舟
用力使劲向前划
寻找理想的港湾
朝着终极的彼岸
顺风时不忘风云突变
逆风时期待风和日丽
不论浪涛如何起伏
都要把握住前进的双桨
不论目标是否实现
都要珍惜这唯一的行程

（2021 年 3 月 7 日）

也许有一天

也许有一天
你把我忘记
我也不会介意
每个人都有自己的人生轨迹
每个人亦都有自己的生活圈
纵然你我不再交集
我亦会默默祝福你

也许有一天
我把你忘记
请你还见谅
那不是我的有意
时光慢慢拉开你我的距离
让我渐渐淡化对你的记忆
但我已把你留在我的心底

也许有一天
你会想起我
不论我留给你什么印象
我都十分感谢你还记得我
你永远是我生命中的贵客

也许有一天
我会忆起你
那是你留给我美好的记忆
唤醒我对你的怀念
真的谢谢你曾经的相伴

也许有一天
你我会再相聚
不期而遇的久别重逢
那一定是你我人生的美妙
是你我一生的福缘
我衷心期待与你再相逢

（2021 年 10 月 4 日）

微　友

我与你不曾相见
我与你不曾面谈
我们彼此不问身份
我们彼此不问居所
在微信世界里
我们奇迹般相遇相处
我们不是亲人胜似亲人
因为我们
有共同的三观
有共同的认知
有共同的价值
清醒看待世间百态
执着维护人间良善
理性守住个性自我
我们是心灵的伙伴
我们是灵魂的密友
彼此照亮前行的路
彼此寻找共享的光
纵然有一天我们道一声再见
我们彼此也留下珍贵的友缘

（2021 年 11 月 11 日）

重回陌生

在人海中，你我相遇
万分概率，那是缘分
一路走来，彼此理解
在风雨中，互帮互助
在阳光下，共同沐浴
那段时光，处处有笑
虽有纠葛，依然美好
可惜人生，终有一别
在不舍中，各奔远方
时间流淌，空间隔离
彼此淡忘，重回陌生
你我曾经，如梦一场
你我再会，只在梦里
有时细想，人生过程
所有相遇，皆是场梦
再相好的，也会分离
再熟悉的，也变陌生
一声叹息，深感遗憾
也因这样，人们真要
相处时光，好好珍惜
相拥情谊，好好珍藏

（2023 年 2 月 10 日）

天空落雨

站在窗前
望着天空落雨
那雨似乎没完没了
不知道雨何时会停
但知道雨一定会停
有时在雨天
会想起那年那天
与你在窗前
一起望着天空落雨
你说我要离开你而去
你会泪如雨下
你会心里落雨
可到头来
却是你先离开我而去
你说我们彼此已没有了感觉
你又说我们彼此却有了错觉
那时是我泪如雨下
是我心里落雨
我曾不舍你离去
可终究放下了
缘起缘落天注定
人聚人散命里事

站在窗前
望着天空落雨
我又想起你
你不曾走出我的生命

（2023 年 4 月 27 日）

你不来，我不老

走过那个老地方
又想起曾经的约定
你不来，我不老
不知这约定是否能兑现？

公园那只石板凳
历经岁月今天依然存留
湖面飞来飞去的白鹭
已不是当年的白鹭
那棵枫树落下的红叶
已不是当年的红叶
你我若是约定而来
也已不是当年的你我

在枫叶飘落的日子
在枫叶铺成红红的世界里
与你相约而来老地方
还是坐在那石板凳上
一起看看那飞来飞去的白鹭
一起看看那映红天边的夕阳
彼此默默不语
彼此紧紧握手

信守着你不来，我不老
怀念着你我曾经的青春

（2023 年 4 月 30 日）

你我的思想

你的思想是你的
我的思想是我的
因为你有你的思想
所以你是你
因为我有我的思想
所以我是我

你的思想不能压制我的思想
我的思想也不能压制你的思想
你的思想更不能替代我的思想
我的思想也更不能替代你的思想
你有权利捍卫你的思想
我也有权利捍卫我的思想

你我的思想
只是人类思想花园的两朵小花
千万个人的千万个思想
则汇成人类思想花园万紫千红
也让整个人类世界生机盎然
这是我们人类所需要的
也是我们人类所应有的
更是我们人类所必须的

（2023 年 5 月 24 日）

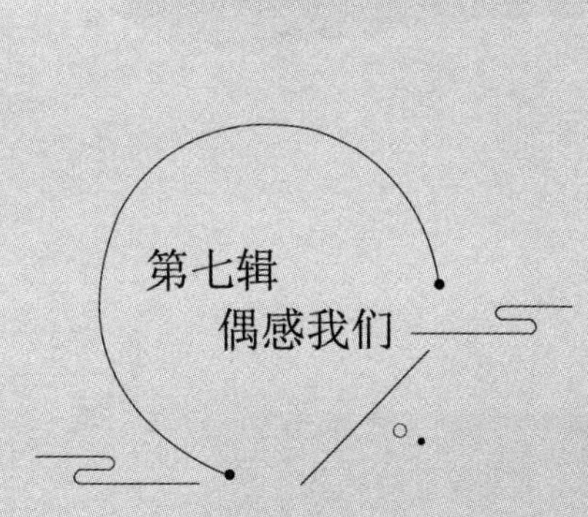

第七辑 偶感我们

偶感我们

在熙攘的人群里
我们是如此陌生
没有人理你
你也不理别人
没有人在乎你
你也不在乎别人
没有人想知道你是谁
你也不想知道别人是谁
大家都是匆匆赶路人
擦肩而过各奔各的

在辽阔的旷野上
我们是如此渺小
抬头仰望
天空是如此浩瀚
目光远望
大地是如此广袤
环顾四周
我们是那么孤零零
飓风一旦吹来
我们还不如脚边的小草

在人生的行程中
我们是如此重要
我们永远是我们世界的主人
没有人能否决我们的存在
没有人能代替我们去思考
我们不孤陋也不傲慢
我们不卑贱也不谄媚
纵然一生一无所有
也要捍卫为人的权利
也要享受生命的每一天

（2021 年 12 月 17 日）

我们只是世间的过客

站在天地之间
我们没有天之高
我们没有地之大
我们没有日月之永恒
我们没有江海之万古
我们只是世间的过客
只做短暂的停留
就要匆匆的告别
像一阵风吹过
不留一点痕迹
没有人会永远记住我们
没有人会永远在乎我们
既然是做匆匆过客
来去皆是空空
何必为世间一切所困
世间的一切
我们若看重它
我们会气喘吁吁
我们会步履维艰
世间的一切
我们若看轻它
我们会淡定自如
我们会轻松自在

（2022 年 5 月 8 日）

有无联系

再见啦，我们多联系
分别时常说这样的话
那是彼此客气
那也是彼此期待
有的人则如约而行
有的人则杳无音信
其实有无联系亦是正常
人生本来就是聚聚散散
我们走过很多人的世界
很多人也走过我们的世界
我们大家都是彼此的过客
不必在乎他人是否联系自己
也不必在意自己是否联系他人
每个人都有自己的人生轨迹
每个人都有自己的命运归途
只要大家各自过得平安开心
纵然一生未曾再联系再相聚
那也是大家对彼此最好的期待和祝福

（2022 年 7 月 31 日）

我们的姓名

一生一世不离不弃的
是我们的姓名
在这世上标识我们身份的
是我们的姓名
留给世界的唯一印记
是我们的姓名
父母送给我们的第一个礼物
是我们的姓名
从小到大写最多的词
是我们的姓名
我们一生被人喊叫最多的
是我们的姓名
承受一生荣辱的载体
是我们的姓名
代表每个人差异化存在的
是我们的姓名
呈现人类千差万别状态的
是我们的姓名
假如我们没有我们的姓名
我们的存在是否还有意义？
假如人类都没有我们的姓名
我们人类还是宇宙唯一的吗？

（2022 年 11 月 25 日）

尽管我们知道

尽管我们知道我们最终要离开这个世界
但我们依然努力在这个世界前行
这是我们命运的选择
谁也不能阻挡我们前进的步伐

尽管我们知道我们最终要为这个世界付出所有
但我们依然努力在这个世界拼命活着
人生再苦再短也不放弃这一回
我们要把生命之花绽放得绚丽多彩

尽管我们知道我们最终要被这个世界所忘却
但我们依然努力在这个世界留下自己的足迹
我们不想来得悄悄去也悄悄
只想让人生能划出一道美丽的曲线

（2022 年 12 月 17 日）

我们的身体

我的身体我做主
你的身体你做主
我不能伤害你的身体
你也不能伤害我的身体
任何人都没有权利伤害我们的身体

我们的身体
是我们父母给予的
是我们生命的承载地
是我们灵魂的安放地
是我们思想的产生地

我们的身体在这世间
不是用来受苦受难的
是用来领略大自然风景的
是用来阅历人间百态的
是用来享受生命体验的

爱护维护我们的身体
捍卫保卫我们的身体
是我们不二的原则和选择
如果连身体都保不住

那么所拥有的其他一切又有何意义？
为了我们身体的存活
为了我们身体的安康
为了我们身体的长命
我们必须坚持身体的主权
我们必须坚守身体的尊严

（2023 年 1 月 2 日）

我们总爱怀念童年

我们总爱怀念童年
因为那时
我们不知忧愁
承欢父母膝下
享受每天快乐的阳光
可生命的车轮
总是向前奔驰
告别短暂的童年时光
踏入悠长的成年岁月
在成年的世界
我们的身体
必须扛着生活的重担
我们的心智
必须承受生活的压力
有太多的曲折坎坷
有太多的伤感痛苦
有太多的烦恼忧愁

我们总爱怀念童年
只是幻想时光能够倒流
把自己带回透明清澈的童年
卸下那成年人的重担压力

放下那成年人的追名逐利
撕下那成年人的虚伪假意
像童年般的轻松自在
像童年般的自然清新
像童年般的真情直率

我们知道尽管童年永不回
但是我们依然深深怀念童年
希望在对童年的回忆回味中
找回曾经快乐真实的自我

童年是我们情感的慰藉
童年是我们心灵的乡愁
童年是我们精神的家园

（2023 年 6 月 1 日）

第八辑 今生情缘

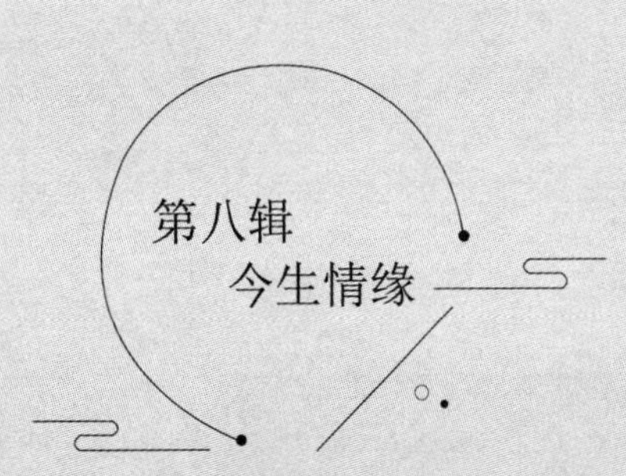

女　人

有人说你的心
是玻璃心易碎
让人心疼不已
我说你的心
亦是金刚之心
爱得深
恨得切

有人说你的情
是千般柔顺
让人心神怡畅
我说你的情
亦是万般刚烈
认准不回头
认对走到底

有人说你的哭
是多愁善感
让人心生可怜
我说你的哭
亦是直抒胸臆
尽吐压抑

尽放委屈

有人说你的笑
是妩媚妖娆
让人心酥迷醉
我说你的笑
亦是开朗大方
女性之美
母性之善

（2021 年 2 月 8 日）

初　恋

那是一张白纸
一笔一画细心绘
有人画出圆满
有人画出伤感
用心用情就无悔

那是一道习题
试问恋情为何物
是朝思暮想牵肠肚
是情人眼里出西施
答对答全实不易

那是一段路程
走过方知那道风景美
可惜此程终将过
感激彼此倾心与付出
一路走来亦值得

那是无言的结局
总以为会天荒地老
海誓山盟不离不弃
却梦醒时分泪湿巾

一人独自再前行

那是美好的记忆
一生一世只一回
挥不去的余香
抹不掉的余音
留在心底慢慢品

（2021 年 2 月 10 日）

情啊情

情为何物
情有几多
谁人能弄懂
谁人能数清
问情于天
天曰情乃明月有圆有缺
问情于地
地曰情乃草木有荣有枯
问情于山
山曰情乃峰谷有高有低
问情于海
海曰情乃潮水有涨有落
世间有有情之人
有无情之人
有多情之人
有绝情之人
世人为情所困
为情所累
为情落泪
为情伤感
情字让人欲罢不能
让人牵肠挂肚

让人神魂颠倒
让人撕心裂肺
情啊情
今生因你而生
因你而活
今生有你多增亮色
有你多添亮点
纵然有一天情随风而去
亦无怨无悔曾把情拥抱

（2021 年 3 月 10 日）

有缘人

在茫茫人海中
人与人常是不期而遇
常是一回生两回熟
常是来来往往
没有人能与世隔绝

人走的路越多越久
相遇相识的人也越多
常是辞旧人迎新人
唯有知己两三个
是心相通话投机
一生不离不弃

走进我们生命世界的每个人
无论他们带给我们什么
他们都是我们一生的有缘人
不论他们在何方
我们都要感谢他们
是他们让我们有机会
阅历人间百态
感受人间百味
绘出我们生活的五彩图
奏出我们生命的交响曲

（2021 年 12 月 8 日）

从相遇到相忘

在人生路上
走得越长越久
遇到的人会越多
有的人缘浅
只是一面之交
有的人缘深
相处的日子久
有的人浅交
只是偶尔来往
有的人深交
常联系常交心
无论缘浅缘深
无论浅交深交
彼此都是匆匆过客
彼此都会慢慢忘却
最后都将是一人孤独前行
其实人生的行程
就是一次次从相遇到相忘
带走的是一次次遗憾和不舍
留下的是一丝丝回忆和挂念
彼此最值得珍惜和珍藏的
应是相互间的善心和善举

（2022 年 2 月 11 日）

今生情缘

在茫茫人海中
相遇相逢是缘
相聚相处是情
有缘有情
情缘如歌
有的欢快愉悦
有的低沉伤感
有的迷人醉心
有的感人肺腑
每段情缘
都刻骨铭心
都烙印一生
虽然今生情缘
没有天长地久
只有一时一程
但是那一段段情缘
都是一道道美丽的人生风景
都是一幅幅精致的人生插图
让人长长地想念
让人深深地回味

（2023 年 1 月 21 日）

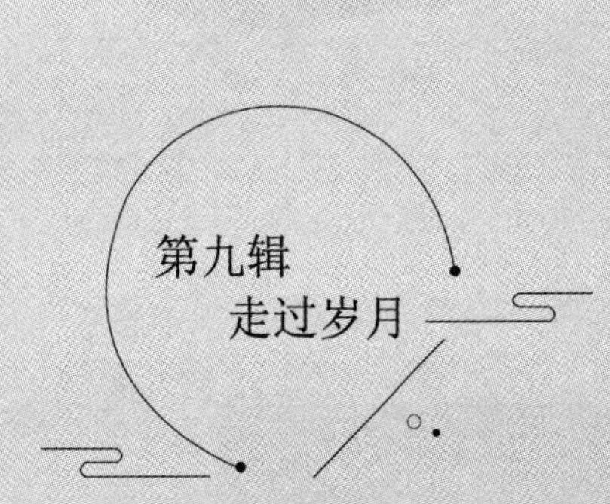

第九辑 走过岁月

过　年

从遥远岁月一路来
从不停止行进步伐
农耕社会久远积淀
现代社会依然传承
辞旧迎新年年轮回
接春纳福岁岁期盼

是游子归家正当时
是一家团圆好日子
忙碌一年亦休养生息
离别愁绪亦化解了却
年夜饭摆满桌
杯中酒装满情
张张笑脸忘却辛劳
声声话语尽享亲情

春暖花开大地遍绿
节至人欢万家透红
放鞭炮驱凶避邪
贺拜年祝福祈安
生肖十二一年走一回
一生能有几多本命年

莫把岁月空流转
定将生命充丰满
年年过
过年年

（2021 年 2 月 12 日）

烟　花

没有种子的孕育
　　绿叶的衬托
只有力的爆发
　　光的唯美

腾空而起
　　不回头
　　不畏缩
划亮夜空
　　无犹豫
　　无怨悔
瞬间美丽
　　带着光
　　带着声
谢幕那刻
　　一阵烟
　　一阵味

激情的燃烧
热情的奔放
刹那间拥有
只为冲破黑暗
　　愉悦人间

（2021 年 2 月 15 日）

一路走着

一路走着走着
曾经的伙伴
曾经的朋友
都渐行渐远
都各忙各的
有些人慢慢淡忘
有些人默默挂念

一路走着走着
曾经的时光
曾经的岁月
都易逝易失
都难追难留
有时让人后悔虚度
有时让人无怨经历

一路走着走着
曾经的往事
曾经的故事
都时隐时现
都若即若离
有些事努力忘也难

有些事细品才知味

一路走着走着
曾经的苦乐
曾经的悲喜
都欲舍欲得
都扎心扎魂
有些情一生难获
有些情缠绕一生

（2021 年 6 月 19 日）

站在高山之巅

站在高山之巅
眺望连绵群山

只见湛蓝的天空
几朵白云悠闲自在
不知人间有愁怨

那起伏的山峦
扬起翠绿的波浪
追逐永远的梦想

散落大山中的村庄
传出了鸡鸣狗吠声
总有人不愿走出传统

阵阵清风扑面而来
顿感世间自有清凉处
何不一洗心灵之尘垢

（2021 年 7 月 30 日）

都市印象

一环二环三环四环
城区壮体乐此不疲
人口潮流奔涌不息
四车道六车道八车道
如条条巨龙纵横交错
像根根血脉畅通无阻
十几层二十几层三十几层
高楼大军浩浩荡荡
钢筋森林无边无际
打车驾车乘公交坐地铁
奔向一个目的地
总是那么费时费劲
商业大楼办公大楼
上上下下电梯
不停载着奔波的人们
都市的忙碌
走进围城的人渐渐习惯
都市的喧嚣
待在围城的人默默承受
没有人想逃离都市
没有人逃得了都市
都市永远像磁铁
吸引住人的野心和梦想

（2021 年 8 月 3 日）

长　大

人生没有不长大
时光总是催人老
烦恼忧愁
随着一天天长大
变得越来越多
那是因为
人懂得越来越多
人想得越来越多
人要得越来越多

人生假如不长大
岁月永驻孩提时
世界在眼中
天总是那么的蓝
水总是那么的清
生活永远过着童话般
不思柴米油盐
不忧衣食住行
小手牵大手
温柔又安心
爸妈永远是幸福的靠山

人终究要长大
有长大就有代价
身体成熟
度过生老病死
情感成熟
经受喜怒哀乐
心智成熟
遭遇理想与现实的落差
承受痛苦与快乐的并存

长大
是人生的必然
是命运的使然
在长大中
学会拓展人生
学会享受人生

（2021 年 10 月 1 日）

用心坚守

岁月总是匆匆过
让人无限感慨
有多少往事随风而去
有多少旧人留在记忆中
曾经许下的诺言是否已兑现
曾经立下的目标是否已实现

走过春夏秋冬
才知日子总是不复返
有多少青春可以等待
有多少生命可以重来
不要轻易放弃曾经的美好理想
不要轻易抛弃曾经的圣洁信仰

（2021 年 10 月 10 日）

活出最好的自己

我是我
你是你
他是他
她是她
每个人都是
鲜活的个体生命
人生下来
不是被人束缚
不是被人奴役
站着别跪下
昂首别低头
挺胸别弯腰
人生就一回
不可委屈自己
放弃自我自尊
从容应对压力
坦然面对舍得
有思想有境界
有尊严有格局
有情怀有爱心
活出最好的自己
对得起自己的人生
对得起子孙的未来

（2021 年 11 月 14 日）

偶感岁月

无论一生路走得有多远
无论一生路走得有多久
无论一生过得有多辉煌
无论一生过得有多平淡
没有人能经得起岁月的冲刷
没有人能挺得过岁月的煎熬
没有人能躲得了岁月的淘汰

在岁月的长河中
人们一直不停向前行
经过的事越多
越明白世事难料
遇到的人越多
越觉得知音难寻
看见的景越多
越发现美景难得

岁月从来不言语
总是静观幕幕人间戏
不论刀光剑影
不论莺歌燕舞
都不做任何评判

是非恩怨
好坏对错
真假虚实
皆由时间长老来裁决

岁月不老催人老
人生季节皆有时
青春年少的飞奔
扬起激情的浪花
中年阅尽的沧桑
筑起老成的稳重
暮年黄昏的夕阳
亮起最后的美丽

（2021 年 12 月 26 日）

岁末之想

站在岁末
又望岁首
将到的那一秒
划出新旧之分
来年的一切都是新的
过往的一切都是旧的
其实新旧都只是一种感觉

站在岁末
又望岁首
百感交集也罢
心静如水也罢
希望与失望总是相伴
理想与现实总是落差
其实有舍得才会从容不迫

站在岁末
又望岁首
改变的是容颜
不变的是情怀
生命时长又缩短一次
追梦时光又增添一次
其实在这世界努力过就好

（2021 年 12 月 30 日）

她的悲伤，她的命运

她年少貌美如花
是父母掌上明珠
她憧憬美好未来
但是那一记闷棍
把她打入人间地狱
那间漆黑的小屋
关掉了她青春梦想
那条沉重的铁链
拴住了她人生脚步
从此她不再是她
她失去了自由
她失去了尊严
她失去了健康
身体的摧残
心灵的折磨
岁月的煎熬
让她痛不欲生
让她度日如年
让她半疯半醒
让她半人半鬼
有谁知道她心流血
有谁知道她泪流干

这世界不要俺了
喊出了她一生的悲愤和无奈
刺痛了无数人的良知和底线
如果她的悲惨遭遇得不到彻底解决
如果她的惨剧根源得不到彻底铲除
她的悲伤将会是无数人的悲伤
她的命运将会是无数人的命运

（2022年3月6日）

社会如大海

社会如大海
无边又无际
我们是小船
漂泊在其上
一切难掌握
一切难预料
最怕的是惊涛骇浪
最想的是风平浪静
有时得随波逐流
有时得逆风而行
不知哪有放心的港湾
不知哪有安全的陆地
唯有用力向前划
唯有一心朝前行
愿能行稳致远
愿能安然渡岸

（2022 年 3 月 13 日）

回眸青春

站在时间之窗
回眸青春
只有一声慨叹
只有一阵伤感
那唯一的青春
那黄金的人生
留下太多的念想
留下太多的追忆

站在时间之窗
回眸青春
曾经的梦想
曾经的追求
曾经的奔放
曾经的热情
曾经的努力
曾经的奋斗
都镌刻在青春的画版上
其酸楚其甜美
慢慢细品才知味

站在时间之窗
回眸青春
青春带走的是时光印记
青春带不走的是一生情怀
人人都有青春阅历
人人都有青春记忆
岁月青春可以让它逝去
心中青春可要永葆鲜美

（2022 年 5 月 3 日）

通讯录

那天翻看老早的通讯录
许多人名字又映入眼帘
昔日的来往又浮现眼前
曾经的交情又触动思绪
相聚的日子总是那么短暂
别离的日子总是那么悠长
有时一别还可再见
有时一别却是永远

在那本发黄的通讯录里
大家彼此留下的电话号码
已成今天彼此的人生密码
尘封着多少往事
留存着多少念想
好想一一拨打电话给他们
想问大家如今一切都好吧
想一起打开记忆的闸门
共同回忆曾经相拥的岁月
品味那一生的可遇不可求

（2022 年 8 月 5 日）

酒啊酒

你本无情
可你最有情
有多少情思在杯中
有多少愁绪在杯中
有多少恩怨在杯中
有多少苦乐在杯中

你不自醉
可你却醉人
多少人喝的是欢喜
多少人喝的是忧伤
多少人喝的是思念
多少人喝的是期盼

热恋人有你
对歌赏月意浓浓
花前月下情深深
失意人有你
自斟自饮愁穿肠
半醉半醒苦透心

世间也因你
有人误情误事
有人害己害人
那不是你的错
那是他们太贪你
那是他们借你发挥

无论过去
还是未来
人类永远一直创造你
你也永远是人类的味道

（2022 年 8 月 12 日）

爱与恨

人类有两情
一爱与一恨
爱如春暖花开
恨如冰雪寒天

爱来自和谐
恨来自冲突
爱生恨常是一瞬间
恨变爱却是九重天

有爱有恨
爱你所爱
恨你所恨
一生总是爱恨交加

爱过恨过
不再为爱所累
不再为恨所痛
一生就会明白许多

（2022 年 8 月 19 日）

秋雨的古镇

深秋，那忧郁的天空
下着绵绵伤感的细雨
孤单的我撑着离别的伞
走在寂寞的古镇小道上
望着两旁沧桑的老屋
叹着岁月带走的繁华

秋雨的古镇
老屋，石桥，小溪
笼罩在烟雨中
犹如一幅水墨画
呈现那淡淡的秋美
充满那浓浓的秋愁

那不停滴落的雨声
在诉说古镇遥远的历史
也倾诉我对古镇的不舍
不知何年还会与它相见
也许永远不会与它再见
但我会想念那秋雨的古镇
忘不了那些充满故事的老宅
忘不了那古镇独有的历史韵味

（2022 年 10 月 16 日）

日子，生活

日子，不能折起来，放到抽屉里搁着
生活，不能挂起来，拿到阳台上晾着
日子总是一天天流淌，没有人能跳过去
生活总是一步步向前，没有人能跨过去
不论是度日如年，还是光阴如梭
都要穿过一年三百六十五天
只不过人们的一生有高光时候也有至暗时刻
不论是一事无成，还是功成名就
都要经过晨起晚睡，一日三餐
只不过人们的命运各有各定数，也各有各归宿

（2022年10月22日）

一样，不一样

迎接晨曦，送走夕阳
一天 24 小时，人人都一样
各忙各的，各过各的
一天的生活，人人又都不一样

人人不一样的生活
人人不一样的人生
世界才会如此色彩斑斓
人间才会如此万紫千红

人人一样的生活
人人一样的人生
世界就会千篇一律
人间就会千人一面

在一样的天空下
人人盛开不一样的生命之花
并让生命之花绽放得绚丽多彩
是人人所应有的
是世界所要有的
是人间所该有的

（2022 年 11 月 12 日）

漂泊的小舟

在生活的大海中
自己只是漂泊的小舟
怕被风急浪高颠簸
怕被惊涛骇浪打翻
喜欢风和日丽的景致
喜欢风平浪静的舒适
寻找温馨的港湾
向往诗意的远方
理想常是梦幻般
现实常是提醒剂
只想在喧喧闹闹中
能过平淡平静平和的日子
只想在纷纷扰扰中
能过有趣有情有味的生活

（2022 年 12 月 7 日）

孩子终于对母亲如是说

每一次你都对我说是为我好，是为我着想
可每一次都是我受的伤最深、我流的泪最多
我再也不听你的话了，再也不信你的话了
我已是成年人了，不再是三岁小孩了
我有我的思想，我有我的判断
我有我的主见，我有我的选择
孩子终于对母亲如是说
母亲听后既伤心又宽慰

（2022 年 12 月 8 日）

疫情那三年

亲历，见证
忘不了，永难忘
挥之不去，抹之不掉
一幕幕情景总会浮眼前
一桩桩往事总会涌心头
那三年无数事无数景
驻足在人们记忆中
载入在人类史册里
有可歌可泣之事
也有荒唐荒诞之事
有正直正气之事
也有无语无奈之事
有良善壮举之事
也有难过愤怒之事
那满街的白大褂，那到处的红马甲
带来了保障，也带来了恐惧
那长长排队的等待，那一捅喉咙的检测
带来了放心，也带来了揪心
那寂静的街道，那静默的居家
带来了安全，也带来了抑郁
那些失业的人群
是多么的悲伤

那些破产的企业
是多么的绝望
致哀那些不该离去的逝者
致敬那些捍卫生命的勇者
那三年，人性善恶尽显
那三年，人间美丑尽现
正视那三年，不忘记曾经
反思那三年，不重蹈覆辙
走出那三年，不裹足前行

（2022 年 12 月 11 日）

情感之河

多少亲和怨
多少爱和恨
多少悲和喜
穿过我们的生活
穿越我们的人生
穿透我们的生命
当我们生命被点燃的那刻起
情感之河就开始汇聚起各类情愫
因人因地因时而迸发
情感之河奔流不息
有时缓缓而流
有时湍急而流
有时风平浪静
有时风急浪高
人一生一世难离情感之河
有的人畅游其中尽享其乐
有的人时浮时沉苦苦挣扎
有的人平稳渡过不惊不险
人在情感之河中最佳境界
既入乎其内
品味情感的美妙
享受情感的美好

又出乎其外
不为情感所困
不为情感所累

（2023 年 1 月 7 日）

有时想想

有时想想做过的事
后悔的事远远多于无悔的事
遗憾的事也远远多于无憾的事
有些事永远没有如果
有些事永远只有错过
往事如山
不懂得放下
一定活得很累
可又有多少人能洒脱

有时想想走过的路
从娃娃学走路
到求学的路
再到谋生的路
不知一生走了多少路
细想似已绕地球走好几圈
而一生的路
永远都是离家和回家的路
家是出发点和落脚点

有时想想遇过的人
很多人相遇在江湖

也相忘在江湖
很多人都是生命的贵客
带来人生的美好
有些人还留存在记忆中
有些人还挂念在心头里
期待彼此不期而遇
祝愿彼此一切安好

（2023 年 1 月 9 日）

心中的事

从小到大再到老
经历无数的事
心中就有无数的事
有些事不愿意去想
一想就后悔
一想就伤感
一想就疲惫
有些事不愿意去分享
它们是秘密的
它们是隐私的
有些事会在一生中慢慢细品
感受其中的暖流和甜蜜
有些事会让人时断时续忆起
因为它们会触动某些敏感神经
有些事会与他人一起共同回味
那是大家共同经历的好时光
心中的事
记住就是事
不记住就不是事
有时不妨清零往事
放松自我
轻松生活

（2023 年 1 月 14 日）

未　来

未来
那是时间的等待
那是心理的预期
谁也预料不了
谁也把握不了

人们总是
站在今天之窗前
瞭望未来之景色
可那景色
有多少是如愿的

未来可期
是因为看到未来
未来不可期
是因为看不到未来
未来总是在远方

美好的未来
人人都向往
可并不是人人都实现
没有信心和努力
就没有未来的美好

（2023 年 1 月 29 日）

国与民

国
非一人之国
非一群人之国
乃全体人民之国

国之事
非一人之事
非一群人之事
乃全体人民之事

国之命运
非一人之命运
非一群人之命运
乃全体人民之命运

国，乃民安居乐业之场所
民，乃国繁荣昌盛之力量
国谋民富，乃天经地义
民提国力，乃责任担当
国与民，乃唇亡齿寒
民与国，乃祸福相依

（2023 年 1 月 31 日）

说　话

从咿呀学语到滔滔不绝
人的一生啊不知说了多少话
有多少话是真心话
有多少话是违心话
有多少话是暖人话
有多少话是伤人话
有多少话是真话、实话
有多少话是假话、谎话
想必每个人说什么话
心中都自有一把尺度吧

人的一生
是在说无数的话中度过的
只不过
有些话该说
有些话不该说
有些话心口如一
有些话言不由衷
有些话说完如释重负
有些话说完后悔不已
一个人怎样说话
大多取决于其认知和态度

人们说话
那是人的必然
那是人的特征
那是人的权利
没有不说话的人生
没有人生不说话的
人与人之间说话时
最需要的是
相互尊重
彼此理解

（2023 年 2 月 2 日）

生活的年代

从青丝变白发
从青春到年老
人们生活的年代不是一成不变的
有的年代安稳
有的年代曲折
有的年代压抑
有的年代开放
在同一生活的年代里
人们的境遇也是各不一样的
有的人沉默忍受
有的人苦苦挣扎
有的人随波逐流
有的人清高孤傲
有的人奋勇前行
有的人洁身自好
我们选择不了我们生活的年代
但却可以选择正确的生活态度
无论年代如何
我们都需要
深怀良知
坚守道义

（2023 年 3 月 15 日）

岁　月

岁月不曾老过
也永不会老去
它总是慢慢悠悠
从我们身边穿过
当我们回头望时
我们已被岁月催老了
我们是不是会埋怨岁月
它为什么不给我们提个醒
好让我们留住它
让它多陪陪我们
其实岁月并不亏欠我们
它给我们都是一样的时光
可是我们又有多少人
在乎那匆匆而过的岁月
在意那一视同仁的岁月
我们总是在后悔遗憾中
才感知岁月易逝且难得
才深悟岁月公平且无价
岁月带走的
是我们永远追不回的曾经
岁月留下的
是我们永远情未了的思念

（2023 年 3 月 19 日）

城市的繁华热闹

走在城市大街上
望着那车水马龙
看着那人群熙攘
瞧着那店家喧哗
城市一派繁华热闹
可这繁华热闹似乎
已少了往日的淡定与从容
总害怕某一天又忽然消失
又要变得冷清寂寞

其实人间烟火
永远是人们所渴求的
生活的正常有序
是人们的必须
尽管未来是不确定的
但对未来有信心却很重要
但愿城市的繁华热闹
一直陪伴在市民身边

（2023 年 4 月 10 日）

生活甘苦

人生就那么几十载
平平淡淡是过
轰轰烈烈也是过
大红大紫是过
小打小闹也是过
人们各过各的日子
各品各的生活甘苦
生活的甘甜
来自人际的和谐
来自人心的舒畅
生活的苦楚
来自理想与现实的落差
来自希望向失望的转化
在生活甘苦中
感受世态炎凉
体验人情冷暖
只愿今生的平安
不求来世的富贵

（2023 年 4 月 15 日）

挂念一生

在人生旅途上
有时会不会埋怨母亲
为何把自己带到这世间？
若是不来这世间
何来受人间的风霜雨雪
何来经人生的生离死别

可是若没有母亲
冒十月怀胎一朝分娩之险
我们哪能来人间一趟？
我们哪能经历一回人生？
我们哪能体验一次生命？

在人生旅途上
母亲的含辛茹苦
让我们扬帆启航
母亲的叮咛嘱咐
让我们温暖温馨
母亲的安康健在
让我们有依有靠
无论母亲在与不在
她都是我们一生恩人
她都让我们挂念一生

（2023 年 5 月 14 日，母亲节感怀）

一席话

有时听得一席话
会是冬天的暖阳
温暖了寒冷的心
让人重振信心

有时听得一席话
会是尖锐的刀刃
刺伤了脆弱的心
让人痛苦不堪

有时听得一席话
会是一束强光
穿透了蒙蔽的心
让人豁然开朗

有时听得一席话
会是一股清流
荡涤了尘垢的心
让人通透舒畅

有时听得一席话
会是凛冽的寒风
吹熄了热情的心

让人大失所望

有时听得一席话
会是落下的重锤
击破了希望的心
让人跌到谷底

（2023 年 6 月 14 日）

当　下

也许明天会更好
也许未来会更美
可没有人能掌控
明天是什么样
未来是什么样

其实活在当下最重要
当下是现在时
当下是进行时
当下的每一天
才是真实的存在
才是实在的体验
当下过得好
才是真正的好
才是实在的好

过好当下的每一天
实践自己点滴的目标
胜过对明天的期待
也胜过对未来的幻想
即使明天再好
即使未来再美

也是始于当下的正确选择
也是立足于当下的正确作为

（2023 年 6 月 15 日）

做了父亲

做了父亲
升华了男人的角色
实践了男人的使命

做了父亲
有了生命的延续
有了人生的杰作

做了父亲
虽增了生活的重担
却添了生活的乐趣

做了父亲
多了一份责任
加了一份亲情

做了父亲
与孩子成长相伴最难得
让孩子独立生活最值得

做了父亲
给予孩子健康最重要

给予孩子自由最应当

做了父亲
牵挂孩子一生
关爱孩子一生

（2023年6月18日，父亲节感怀）

喜欢梦乡

白昼落幕
黑夜降临
繁星璀璨
万家灯火
骚动的心
静静平复
疲惫的身
慢慢恢复
喜欢梦乡
进入梦境
别样人生
似真似幻
有的精彩
有的美妙
有的惊悚
有的平淡
纵然醒来
回归现实
细品梦境
别有滋味
只能独悟
只能独享

（2023 年 6 月 24 日）

第十辑 人在天地间

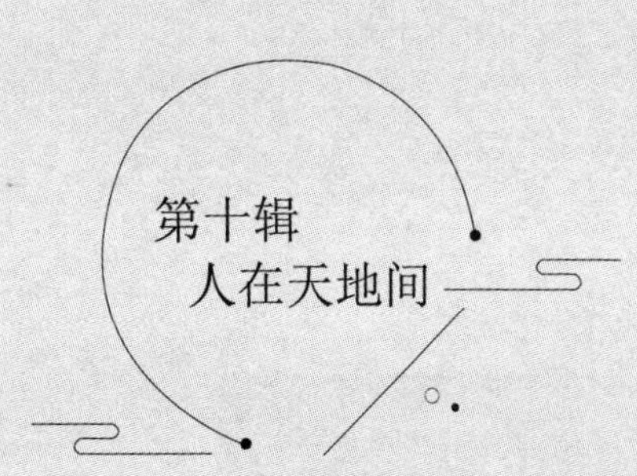

天与人

夜幕降临
星辰闪烁
一人独自坐
静思天与人
天浩瀚无垠
人何其渺小
天永恒存在
人却匆匆过
天永不言老
人终将老去
天有风云突变
人有旦夕祸福
天怀大美不言
人怀大德不语
天之道顺其自然
人之道守其仁义
天给人昼夜交替四季轮回
人对天需要敬畏之感恩之
天之博大深邃，永远是看不破的谜
人之复杂多变，永远是猜不透的谜

（2021 年 9 月 3 日）

人之行走

人字如人之行走
行走又成就人
人生就是一路的行走
生命就是在行走中拓展
走过千山万水
才知人生的甘苦
走过春夏秋冬
才知生命的轮回

在行走中
世俗的枷锁
会让人碍手碍脚
内心的恐惧
会让人束手束脚
那就冲破枷锁
那就打破恐惧
让行走更自由
让行走更快乐
无论行走有多远有多久
都守住自己的信念
走出有趣的人生
走出无悔的人生

（2021 年 11 月 7 日）

人在天地间

在天地之间
人人皆为芸芸众生
生命都在一睡一醒中
只因机缘不同
扮演角色不同
人生境遇不同
却殊途同归
来去皆空空
没有人不朽
没有人永恒

在天地之间
人人皆为匆匆过客
多少人擦肩而过
多少人似曾相识
再美的风景
也只能匆匆一瞥
再好的伙伴
也只能陪一阵子
不必太在意得失
一切都会随风而去

在天地之间
人人皆为独立个体
没有相同的面孔
没有相同的个性
生命个体的千差万别
造就世界的多彩和活力
坚守人的自我本色
成就独一无二的人生
一生只能抒写一次自我
那就浓墨重彩去大写自我

（2021 年 11 月 27 日）

人的三个维度

行走在大地上的
是人的身体
人的身体
带来的是生离死别之痛
品尝的是酸甜苦辣之味
感受的是世态炎凉之境
捍卫身体的存在
是人的首要之任务
拥有健康的身体
是人的一切之根基

畅游天地之间的
是人的思想
人的思想
属于每个人自己
不受时空之限制
不受他人之左右
自由之思想
成就独立之精神
塑造至尊之人格

穿越永恒时空的
是人的灵魂
人的灵魂
带着人跨越生死之界
从此岸摆渡到彼岸再生
高尚的灵魂
让人在今生留下更多良善
纯洁的灵魂
让人带着更多美好去来生

（2022 年 2 月 2 日）

人活于世

人活于世
不必求十全
也难求十全
不必求十美
也难求十美
当如在野的花
自由绽放
当如在天的鸟
自由飞翔
当如在水的鱼
自由畅游
与相爱的人
共享风和日丽
与互信的人
共诉彼此心声
与同道的人
共求美好价值
该爱就爱
该恨就恨
该坚持就坚持
该舍弃就舍弃
不枉费一生
不委屈一生

（2022 年 6 月 29 日）

人可老，心不可老

人终将老去
这是自然规律
这是人生必然
人从生命开启的那刻起
就开始迈向老化的进程
经过几十载的风吹雨打
人的身体状况
从龙腾虎跃到力不从心
人的心理状态
从争强好胜到清心寡欲
人的老化是不可抗拒的
没有人能抵挡得了
其实人可老
那是人难以控制的
但是心不可老
那是人能努力做到的
保持年轻心态
保持年轻情怀
保持年轻思维
唯有如此
方能化解身体老化的遗憾
笑迎人生的黄昏

努力充实生活的每一天
纵然有一天走不动
也有一段段可回忆的美好往事

（2023 年 2 月 12 日）

人人皆互助

花无百日红，人无一生顺
再风光之人，也需他人帮
人活着不易，皆有低谷时
固然需自强，也需有人帮
助人渡难关，有时一念间
唯有心良善，方能出手帮
助人出逆境，积善又行德
让人存美好，于己留福报
你解我之困，我解你之难
人人皆互助，世界定和谐

（2023 年 3 月 24 日）

世上的人

世上的人
是不是总以为自己
是世上最命苦的人
总感到自己受最多的委屈
自己过得最不如意

世上的人
是不是总以为自己
是世上最正确的人
总认为自己所说所做都是对的
有错也是别人的错

世上的人
若是以自己的视角和态度
来看世界、想问题、做判断
就会获得有利于自己的认知
就会得出有利于自己的结论

世上的人
若是能换位思考
对待所遇到的人和事
就会多些公允客观
就会多点明智理性

（2023 年 5 月 11 日）

人与事

许多人
许多事
过去后
就落入记忆的尘埃中
再也想不起
再也忆不起

所遇的人
所遇的事
若是还念念不忘
那一定在心里划过一道深痕
也许是深深感动过
也许是深深影响过

世上的人
世上的事
总是复杂多变
没有人能把握和掌控一切
有谁能看得清？
有谁能看得透？

任何人
任何事
都熬不过时间
终将消失在时间的长河中
带走的是遗憾
留下的是念想

（2023 年 5 月 25 日）

人的老去

年轻时
总以为老去是那么的遥远
总觉得老人二字是那么的陌生
听一声大爷好
听一声大爷请坐
才真切感到自己老去了
自己已是不折不扣的老人了
时光真的不经用
抬眼间已过大半生
曾经的年轻却成很久远的记忆
年轻的事只能在回忆中去寻觅

尽管人的老去
是人生的必然
是人生的铁律
但并不是人人都能老去
一个人能慢慢老去
那一定是人生的福报

我们大家不妨
从小李小王小张
到大李大王大张

再到老李老王老张
在这些称谓的变化中
慢慢享受我们的老去

（2023 年 6 月 10 日）

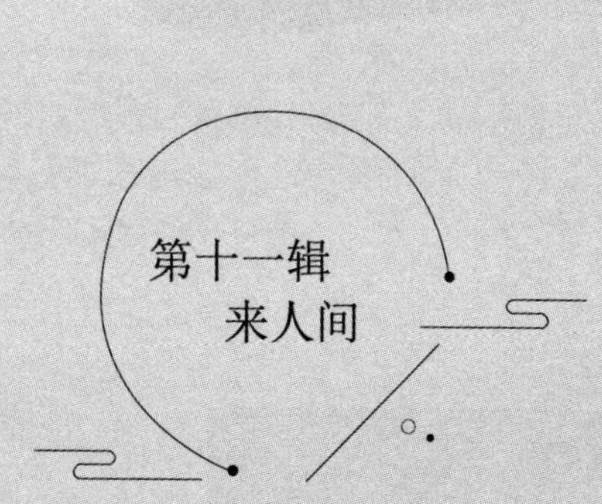

第十一辑
来人间

来人间

来人间只有一趟
没有回头的路可走
再苦再累再烦也得走完
几十载光阴一晃就过去
生命的无常总是一路相随
既然人生匆匆过
那就放慢脚步来
与志同道合的人
与意气相投的人
一起吹吹和风
一起赏赏春花
一起谈谈天地
一起说说世间
一起看看山河
一起观观红尘
忘情山水之间
忘怀天地之间
终觉人间值得来
不留遗憾在人间

（2022 年 3 月 20 日）

落在人世间

走在大街上
无数人擦肩而过
彼此互不言语
各怀各的心思
各朝各的目标
匆匆赶路
望着那些渐行渐远的背影
隐隐约约看到谋生二字
人落在人世间
为了一吃一睡
忙忙碌碌大半生
战战兢兢一生路
当生命的年轮放缓时
才发现蹉跎了多少岁月
忆往昔
不免一声长叹
岁月如此无情流逝
辜负了多少韶华
有多少未竟之志
有多少未做之事
看今朝
只有一句愿平安

在夕阳余晖下
留下美好的倩影
愿未来可随心
愿未来可圆满

（2022 年 6 月 21 日）

红　尘

红尘一片茫茫
你我陷入其中
食人间烟火
忙世间俗事
呛得一生苦

看破红尘
定是磨难之人
历经风霜雨雪
透悟一切皆随风

看不破红尘
定是贪求之人
难舍功名利禄
渡不过诱惑之河

红尘中的你我
何去何从皆随缘
但求有一片净土
可平和躁动的心
可抚慰受伤的情
让精神能飞扬

让思想能飘扬
让灵魂能张扬

（2022 年 9 月 16 日）

看透红尘是境界

天有风云多变化
地有坎坷多曲折
日出日落皆有时
花开花谢皆有期
来到人间只一趟
行走人生只一回
世态炎凉谁能躲
人情冷暖谁能免
一帆风顺别得意
逆水行舟别气馁
望尽天涯是归途
看透红尘是境界

（2022 年 9 月 24 日）

在这人间，来去匆匆

在这人间，来去匆匆
何必在意，那得与失
人生行程，从不回头
人生时光，从不倒流
每一个日子，都过好
每一份情缘，都藏好
爱过恨过，那就放手
苦过乐过，那就看开
不变的情怀，是童心
不改的意志，是坚守
未来的岁月，不迷惘
未来的生活，不慌张

（2022 年 12 月 5 日）

世间的一切

世间的一切
我们若看重
它们就是很重的包袱
我们就会步履蹒跚
我们若看轻
它们就是轻飘的云彩
我们就会挥手而过

世间的一切
不必要都知道
有些我们永远不知道
有些我们不可能知道
有些我们知道也无用
知道我们所应当知道的
知道我们所必须知道的

世间的一切
自有其运行规律
顺其自然，尊重规律存在吧
顺势而为，依照规律行事吧

（2022 年 12 月 22 日）

在这世间

在这世间
我们独自一人来
我们也将独自一人去
我们有怨有悔
因为有太多不舍、太多错过
我们无怨无悔
因为见过了世面、看到了人间

在这世间
我们能做什么
我们不能做什么
似乎一切都已命中注定
何必苦苦追求遥不可及的梦想？
何必轻易放弃近在咫尺的目标？

在这世间
我们付出很多的努力
我们得到很少的回报
确实我们亏欠自己很多
只不过我们在付出的过程中
释放了我们的潜能
确证了我们的存在
提高了我们的格局

（2022 年 12 月 27 日）

彼此的好与不好

在人间红尘中
有爱我和我爱的人
也有恨我和我恨的人
有喜欢我和我喜欢的人
也有讨厌我和我讨厌的人
我想这是人之常情吧

其实世上并没有完美完善之人
亦没有情感单一之人
只要人与人相处久矣
就会出现彼此的好与不好
对此不必耿耿于怀
也不必斤斤计较

彼此的好
能让我们看到人性的美好
也让我们相信人的良善的存在
彼此的不好
能让我们明白人性的复杂
也让我们知晓人的缺陷所在

彼此的好，就多珍惜、多珍藏
彼此的不好，就多想开、多放开

（2023 年 2 月 20 日）

来　去

在这世间
我们偶然地来
我们必然得去
这偶然，我们选择不了
这必然，我们拒绝不了
这来，已是肯定的
这去，也是必定的
这偶然必然间
又有无数的偶然与必然
这一来一去间
亦有无尽的来来去去
其实世间一切
皆是偶然必然
皆是来来去去
在偶然必然中
不妨寻找一种平衡
在来来去去中
不妨寻求一种平静

（2023 年 3 月 10 日）

世间的事，人间的利

世间的事纷纷扰扰
谁能看清一切事
谁能讲清件件事
事事不必都挂在心
事事都有自在的理
让事顺其自然
让事各得其所

人间的利熙熙攘攘
利之诱惑，无人能挡
利之占有，无人不想
有多少人能看淡利
有多少人能放下利
对利，人们当得其所得
对利，人们应避其所避

（2023 年 3 月 20 日）

万般感慨落红尘

月明星稀独一人，夜深人静愁未眠
千般思绪涌心头，万般感慨落红尘
曲折坎坷人生路，酸甜苦辣尝不尽
忙碌奔波苦一辈，生离死别绕不开
缘起缘落皆有时，看透看破又何妨
半生浮沉半生梦，一生恩怨一世情

（2023 年 5 月 27 日）

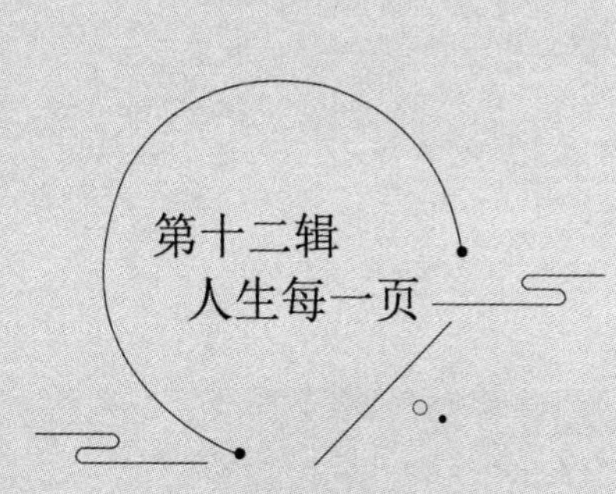

第十二辑 人生每一页

一生路

一生路总向前行
不回头也不停留
遇过风也淋过雨
跋过山也涉过水
流过泪也流过汗
有过哭也有过笑
一言难尽事与情
千语难诉苦与乐

一生路终有尽头
没人与日月同长存
没人与山河同长在
长生不老那是梦
万寿无疆那是痴
万贯家财有无又何妨？
功名利禄多少又怎样？
赤身而来
赤身而去

一生路走过就好
来世不易分秒珍惜
有说有笑自由自在

结婚成家相爱不移
养育子女尽享天伦
尽孝父母常伴身边
人情世故不乱初心
放飞梦想一展宏图
积德行善愉悦身心
留下美好的名声
带走一切的恩怨

（2021 年 2 月 23 日）

最后一面

站在人生路上
回望来时路
有多少故地可以重游
有多少旧人可以重逢
有多少美景可以重看
那一次次告别
那一声声再见
很多时都成为最后一面
因为没有机会亦没有时间
去重游去重逢去重看

人生有着无数的最后一面
那最后一面留下太多的遗憾、不舍
人生就是这么的残酷、无奈
面对人生境遇可能的最后一面
每一次走到的地方
不妨细瞧多看
每一次遇到的友人
不妨细聊多谈
每一次见到的美景
不妨细观多品
看重每一次的行走

珍惜每一次的缘分
抓住每一次的难得

（2021 年 4 月 7 日）

一生难得

风轻云淡
心静止水
无思无想
澄净一切
透彻自我
静听心语
哪有桃源
哪有净土
只听风声
只看落雨
乐山乐水
自由自在
诗意人生
一生奢求

声声蛙鸣
阵阵蝉声
此起彼伏
构成合唱
划破夏日
打破心境
拉回现实

直面当下
世俗如故
人情依旧
一路风雨
得失从容
不畏浮云
不跟萍草
只求心安
做个自己

（2021 年 8 月 18 日）

人生的年轮

而立之年
不惑之年
天命之年
花甲之年
古稀之年
耄耋之年
人生的年轮
十年一周期
不可逆向前

而立之年
风华正茂冲天劲
不惑之年
双肩重担压力大
天命之年
稳重老成知进退
花甲之年
潮起潮落皆看淡
古稀之年
做事随心不计较
耄耋之年
余光余热尽享之

人生最大的一幸事
是走完一生之全程
那是生命之善终
那是人生之福报
愿天下所有人皆可实现

（2022 年 1 月 2 日）

人生每一页

每一次经历
都是人生的一页
一次次经历
写下人生一页页
人生每一页
内容都不尽相同
有的简单
有的复杂
有的平淡
有的精彩
有的短些
有的长点
它们都撤不掉
它们都改不了
偶尔翻开看看
有时会让人哑然失笑
那时怎么会那样写？
写得那么单纯那么幼稚
有时会让人后悔不已
当时真不该那样写
写得那么仓促那么大意
其实人生一页页

无论怎么写
写的是自己心血和汗水
不必纠结曾经的那些
错过的就让它错过
失去的就让它失去
人生每一页
毕竟都是自己亲手写就
都值得珍藏、回味

（2022 年 4 月 20 日）

一生的努力

我们努力脱离娘胎
我们努力长大成人
我们努力学有所成
我们努力工作谋生
我们努力成家立业
我们努力健身锻炼
我们努力延年益寿
我们一生的努力
就是活下去
就是活得好
活下去是我们生命的本能
活得好是我们生命的追求
活下去就要努力前行在求生路上
活得好就要努力成就快乐的自我
我们一生的努力
无论结果会如何
我们都将接受努力的结果
努力是我们人生的方式和态度
努力在人生中闪耀生命之光芒
努力在人生中守护自我之方向
努力在人生中拥抱美好之一切

（2022 年 4 月 23 日）

相聚别离

一场相聚
总是许久的期待
一场别离
总是漫长的思念

相聚的喜悦
总是那么短暂
别离的愁绪
总是那么悠长

一场场相聚
都是对人生岁月的回眸
都是对人生在场的确证
一场场别离
无不让人感受人生的不舍
无不让人体验人生的孤单

（2023 年 5 月 10 日）

人生如画卷

每个人
不管贫富
不管贵贱
人生如画卷
都以生来展开
都以死来收起
展开时
画卷都是空白一片
收起时
画卷已是色彩斑斓
画卷的长短
取决于本人的画运画力
画卷的好坏
取决于别人的评点评价
理想的画卷
是本人满意
是别人爱看
任何画卷
最后都会被本人放弃
最终都会被别人遗忘
不要太在乎画卷的存留
请尽情享受作画的过程

（2022 年 5 月 17 日）

过 客

在我们人生客栈里
许多人是我们的过客
我们也是许多人的过客
有的人待得长些，畅饮畅谈
有的人逗留片刻，不言一语
有的人印象很深，长留心中
有的人过目就忘，不再记起

在我们人生客栈里
大家都是彼此的过客
都是缘起，相遇相处
都是缘落，分离分别
作为过客
不妨平静走过
不喧哗不吵闹
对待过客
多些真诚相待
不寒人心不伤人情

（2023 年 5 月 18 日）

一生一世就这样

一生一世只一回
来日方长并不长
今日之事变往事
往事回首几多乐
多少恩怨可放下
多少得失可放开
红尘滚滚看不破
世俗纷纷冲不破
天不遂愿事难料
人不顺心十有九
花开花落皆自然
怒放凋零平常心
人聚人散皆随缘
挂念思念亦美好
一生一世就这样
快乐开心最重要

（2022 年 5 月 29 日）

一生有多少

人不会踏进同一条河流
人不会重来同一次人生

一生所遇到的人
有多少还记得
有多少还守住

一生所经过的事
有多少是难忘
有多少是值得

一生笑过无数
有多少是欢笑
有多少是苦笑

一生哭过无数
有多少是悲极
有多少是喜极

一生苦苦追求的
有多少实现
有多少落空

一生痴痴等待的
有多少如愿
有多少失望

无论一生有多少
终将是空无一物
一生的一切
该随风而去的就让它去吧
该留存心底的就让它留吧

（2022 年 6 月 8 日）

等　等

在我们人生路上
有时总以为来日方长
有些事可以等等再做
有些人可以等等再见
可忙碌的生活
割舍了我们好多的想法和作为
而懒惰的心态
造成了我们诸多的迟疑和犹豫
当我们有些醒悟时
发现来日并不方长
岁月已偷走了我们大好时光
时光已磨损了我们大量精力
曾经想做的事
曾经想见的人
就这样一一错过了
其实我们的人生
常常在等等中
错过了不该错过的人和事
也许这就是人生的遗憾吧

（2022 年 7 月 5 日）

哭过笑过

人生一路走来
有过哭也有过笑
人生路上哭过多少回
有谁能数得清
人生路上笑过多少次
有谁能记得住
哭，那是心中的痛从眼流出的苦水
笑，那是心中的乐从口奔出的美声
哭过，宣泄了心中的痛
笑过，舒展了心中的乐
大小哭过，才明白人生有各种的痛
大小笑过，才知晓人生有各种的乐
人生不会没有哭，因为大小痛苦永远存在
人生不会没有笑，因为大小快乐总是存在
人生当哭时，就痛快地哭出来
让泪水荡涤那心中郁积的压抑
人生要笑时，就尽情地笑出
让笑声洋溢那心中愉悦的快意

（2022 年 10 月 5 日）

潦草的人生

走过多少岁月
经过多少往事
才知人生是潦草的
不能一笔一画工整写自己
不能一心一意认真做自己
自身的不可控性
现实的不确定性
很难精致规划自己
很难精准预测自己
在潦草的人生里
遇见优良的人
就一起畅游
遇见有趣的人
就一起畅谈
拥有纯洁的良知
开阔起胸襟
守住清澈的灵魂
净化起生命
这就是美好的生活吧
这就是美丽的境界吧

（2022 年 10 月 12 日）

行走的路

人的一生
行走的路
可谓不计其数
有的路
几步路就在眼前
有的路
好长路总在更远处
有的路
想走却走不了
有的路
不想走却得走
有的路
只想走一程
那是装满伤心的路
有的路
好想再走一段
那是可继续品味的路
走过许多路
才知风景永远是别人的
走过许多路
才知留给自己的永远是回忆

（2022 年 10 月 26 日）

余生很贵

历经沧桑
望断天涯
繁华落尽
云烟过眼
人过半生
就剩余生
余生很贵
寸阴寸金
走完一程
就没一程
抓住余生
放下曾经
放开过去
多看美景
多行善举
多爱所爱
装满快乐
盛满安康
不负余生
不负自己

（2022 年 10 月 31 日）

人生很短也很长

人生很短，只有几十载
一晃就老了，再晃就没了
人生也很长，需要走一辈子路
一天天慢慢熬，一步步慢慢挪

在这很短也很长的人生中
一路有往事有故人有旧景
一路有甘苦有喜忧有哭笑
有多少时光是快乐的
有多少日子是幸福的
有多少岁月是美好的
每个人心中都有一把尺

在这很短也很长的人生中
一旦生长错了地方
就会失去一生作为的空间
一旦生活错了时代
就会失去一生宝贵的年华
站在人生的一个又一个渡口上
人，究竟能选择什么
人，究竟该选择什么
每个人心中都有一杆秤

（2022 年 11 月 8 日）

为己活一回

来到山林地
择一处而居
任山风吹来
任山雨飘来
放空整个心
为己活一回
泡一壶山茶
热一壶山酒
让茶香满鼻
让酒醉人心
所有的深情
留在月色中
所有的往昔
丢在尘埃里
以生命为舟
以岁月为楫
划向理想岸
实现心中梦

（2022 年 11 月 17 日）

主角永远是自己

繁华落尽，门可罗雀，世态炎凉
失意落魄，无人问津，人情淡漠
落在尘埃，生如草芥，命不由己
伤痛落身，度日如年，生命脆弱
在繁华时，自律清醒，善待他人
在落魄时，自励有为，走出困境
在尘埃时，自尊自爱，珍惜所有
在伤痛时，自愈坚强，深悟生命
人生无论处何种境地，主角永远是自己
人生无论有何种选择，结局最终属自己

（2022 年 12 月 10 日）

我们一生中

我们一生中
会遇到许许多多人
有的人擦肩而过
有的人驻足而谈
有的人携手而行
不管遇到多少人
不管遇到什么样的人
大家彼此都会忘记
大家彼此都会变陌生
大家彼此都会各自独行
因为时光拉开了彼此的距离
因为岁月磨损了彼此的记忆
不必太伤感
不必太纠结
只要在我们的生命里
还有一个人把你挂念、把你深爱
此生就足够、就值得

（2022 年 11 月 23 日）

不完美的人生

总希望人生完美
可人生并不完美
有曲折有坎坷
有悲伤有痛苦
有遗憾有后悔
在不完美的人生中
依然追求完美的人生
只想圆心中美好的期盼
只想画一生漂亮的彩图
把曲折坎坷当成人生的风景
把悲伤痛苦化成人生的动能
把遗憾后悔转成人生的念想

（2022 年 12 月 15 日）

人生三险境

在人生至暗时刻
犹如跌落黑暗的洞穴
只感四周一片黑漆漆
不知何时能见到光明
每一分钟都在煎熬
每一步路都是难行

站在人生悬崖边上
面对攸关命运的抉择
稍有不慎选错方向
就会坠落人生的深渊
尽毁一生的前程

陷入人生沼泽里
那是一团糟的困局
压力层层叠叠
让人喘不过气
很想有人拉一把
解除身心的崩溃

（2022 年 12 月 25 日）

起点，终点

人生的行程
离起点是渐行渐远
离终点是渐行渐近
中途永远是变幻莫测
从起点出发
带着希望
也带着未知
一路努力走过人生的不同阶段
一路尽力走得顺畅愉快
一路全力延长人生的行程
可终点永远不知在哪里
也永远不知道何时会出现
但终点一定会到来
想一想终会到来的终点
是不是很伤感
一生的努力又有何意义
是不是很不舍
来一趟人间多么不容易
是不是很无奈
任何人都难改变命运
人生苦短
一生不易

从起点走向终点
我们要做的就是
别委屈自己
别为难自己
紧握做人的权利
紧守活着的尊严

（2023 年 1 月 16 日）

涂　鸦

来人间时，本是一张白纸
不曾落笔，洁白无瑕
但从开启人生那刻起
就注定这张纸要被涂鸦
因为人生的每一步路
都不是有规则和可确定的
都充满很多变数和意料之外
这张人生纸
在人生的不同阶段
经意或不经意
涂着好看或不好看的人生图画
无论好看与不好看
都是自己一生的作品
何不以审美的眼光
欣赏它们的五颜六色
何不以宽容的态度
拥抱它们的参差不齐

（2023 年 1 月 24 日）

人生之痛

山再高也有顶
海再深也有底
人命再长也不过百年余
在时间长河中
我们只是瞬间而过
在一年一轮回中
我们却要熬过漫长时光
在这似长非长、似短非短的人生中
脆弱的身体
经受着无数的人生风雨
脆弱的心灵
承受着无尽的人生压力
人生之痛莫过于
明知未来的结局
是一切都要随风而去
也要苦苦挣扎一辈子
那是对生命的深深不舍
因为生命是唯一的、有限的
那就尽情点亮生命之光
照亮自己
也照亮他人

尽显生命之价值
尽享生命之美好

（2023 年 2 月 6 日）

苦乐人生

人一生走来，总是苦乐相伴
苦中有乐，乐中有苦
苦中作乐，乐中生苦
因焦虑、压力、欲求而苦
因放松、想开、知足而乐
在苦中，体会人生的艰辛与不易
在乐中，感受人生的有趣和美好
在苦乐人生中
走过千山万水，尽览人间胜景
经过寒风冰雪，尽享人间暖阳

（2023 年 3 月 22 日）

人生就是一个过程

孤身一人来
也孤身一人去
不带任何来
也不带任何去
俯仰天地间
只是人间一过客

经过生老病死
经受风霜雨雪
抱负实现也罢
壮志未酬也罢
有过努力就好
有过奋斗就好

人生就是一个过程
从来到去
从有到无
不论其过程长短
也不论其过程起伏
只求丰富充实
只求明白通透
只求自由自在

（2023 年 3 月 30 日）

人生棋局

人生常被人喻为下棋
其实人生就是一盘棋局
对手只有一个就是自己
已知开局方式
却不知终局方式
这盘棋局能下多久
就看自己棋运如何
就看自己耐力怎样
这盘棋局每下一步
是否可行
是否有效
既靠实力技艺
又靠运气时机
任何棋局都有输赢之分
人生棋局唯一的输家是自己
因为自己永远战胜不了自己
俗话说一着不慎满盘皆输
何况在这人生棋局中
谁没输过
既然输家是归途
何不放开来下棋
在人生棋局中

迎战千变万化的局势
等待峰回路转的奇迹
感受柳暗花明的惊喜
领略妙着而出的精彩
笑对落子收官的结局

（2023 年 3 月 31 日）

选择的对错

人生的路
总是走到一大半
才觉醒走了那么多弯路
也许每一次选择都是错的
可谁又能保证每一次选择都是对的
人生总是在选择的对错交替中前行
只不过错的一定多于对的
要不然人生就不会留下那么多遗憾
但愿余生对的多错的少

（2023 年 4 月 16 日）

一切得失一场缘

一场人生一场梦，几多欢乐几多愁
半生清醒半生醉，多少恩怨多少情
终生劳碌终生苦，一切得失一场缘
今生今世多缺憾，来生来世愿圆满

（2023 年 4 月 28 日）

人生几十载

一生何其短
只过几十载
一生何其长
需过几十载
假如不来人间
何须过那几十载
既然来了人间
就得过那几十载
人生几十载
有多少时光是为自己而活
有多少时光是快乐和开心
有多少时光是理智战胜愚昧
有多少时光是清醒多于糊涂
时光总是匆匆过
人生也是匆匆过
只愿在人生几十载中
能高雅活着
能优雅老去

（2023 年 5 月 3 日）

记住所遇的美好

路走得越远
人遇得越多
人生的本子
就会越写越厚
有的墨淡些
有的墨浓些
每当翻看时
就会别有一番滋味
也会别有一样感慨
那些过往的人
那些过往的事
都是人生的客
都是命中的缘
有的可舍弃
有的可留存
记住所遇的美好
忘却所遇的不快
精装人生的本子
品味人生的精彩

（2023 年 6 月 6 日）

只是经历

孤零零来
孤零零去
赤条条来
赤条条去
一生所求
一生所得
终将带不走
终将成灰烬
人在世间
活在世间
只是一次经历
只是一种体验
经历人生
体验生命
若是经历得有趣
若是体验得精彩
此生就不枉来
此生就不虚度
人各有各的宿命
人各有各的归途
彼此不必比较
彼此不必互争

拥有每一天最重要
快乐每一天最值得

（2023 年 5 月 15 日）

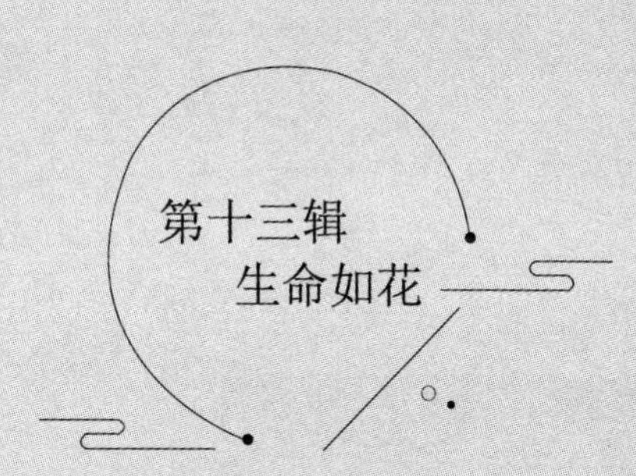

第十三辑 生命如花

生命如花

生命如花
有早开有迟开
有早谢有迟谢
花开花谢皆自然
不必太纠结

生命如花
开时尽情绽放
让花艳赏心悦目
让花香沁人心脾
谢时顺其自然
让花瓣随风而去
让枝叶归入尘土

生命如花
一生只开一次
学会孤芳自赏
欣赏生命的奇妙、美妙
懂得呵护有加
护住生命的尊贵、尊严

生命如花
你我皆盛开
争奇又斗艳
个个都护花
人类永远万紫千红

（2022 年 4 月 5 日）

生命有感

生命不期而至
让人历经人间磨难
经过多少风雨
才知彩虹难见
有时悔来人间
若不来
人间一切皆与己无关
既来之
就得负重前行在人间

生命渐行渐远
让人慨叹人生何其短
不知不觉翻过一页页
曲要终人要散
到何处诉衷肠？
愿遇见些有趣的事
让时光不暗淡
愿遇见些有趣的人
让岁月不孤单

（2022 年 6 月 13 日）

对待生命的态度

当生命画上句号
曾经拥有的一切就归于零
一生的努力和奋斗
永远定格在过往的时空中
生命是从生至死的过程
没有一个人能逃得过死
很多人不愿意讨论死
认为那是不吉利的
其实只有正视死的存在
才能捍卫生的权利
只有努力规避一切对生命的威胁
才能让生命安全且有尊严地向前行
任何草菅人命的做法
都是天下第一的罪过
纵然我们的生命会受到各种威胁
但是我们的生命存活和延续的方式
最终还是取决于我们对待生命的态度
对待我们唯一的生命
我们是否全力维护？
我们是否坚决捍卫？
我们是否认真珍惜？

（2022 年 12 月 26 日）

生命如行旅

总以为生命是自己的
一切皆由自己做主
可现实却并不如此
世界如巨网
罩住所有人
每个人皆是网中之人
人与人之间总是相互牵扯
没有人能超脱世界之网
生命在这网中
随着这网波动、震动而起伏
有时会有撕裂的痛
有时会有挣扎的痛
有时会有煎熬的痛
有时会有难忍的痛
生命如行旅
漂泊在这网上
诸事皆难料
万般皆是命
唯有求自渡
修得一善心
任岁月沧桑
任时光流淌

只求安心安静
只求平稳平和
以诗意之心灵
求旷达之境界
不为红尘所困
不为世俗所扰
做个自我
真实快乐

（2023 年 1 月 19 日）

死之哲学

从生走向死
是人生的不可逆
从生的那刻起
就踏上死的归途
人人都害怕死
人人都拒绝死
这是人之本能
这是人之常理
走完人生四季
是死之最佳路径
善始善终而去
是死之最佳境界

其实人的一生
都在努力规避死
都在努力推延死
因为死
意味着人的一生画上句号
意味着人的一切留下省略号
唯有深化死的意识
才会坚定活的意志
唯有深知死的必然

才会捍卫生的价值

对世事
对人间
只有看开者
只有看破者
只有看透者
才会坦然面对死
才会安然接受死
死，是人对一生苦的最终超脱
死，是人对生命意义的最后超越

（2022 年 10 月 19 日）

清明思生死

今日清明
缅怀先人
感念故人
亦思生死
有生有死
无人超越

生有尽头
死会如期
生死距离
无法丈量
一辈努力
拉长生死

人的惧死
乃人本能
无可厚非
贪生惧死
乃人天性
无论是非

从生到死
阅历人间
领略人生
体验生活
感悟生命
此生无憾
此生足矣

（2023 年 4 月 5 日）

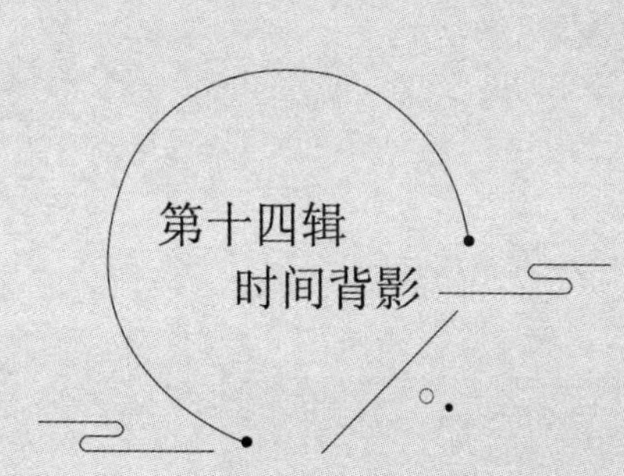

第十四辑 时间背影

时间背影

望着远去的时间背影
不免涌起一阵伤感
时间是那么从容地带走我们的一切
我们却在时间中匆匆地赶路
时间是永恒的
我们却是短暂的
时间还依然在宇宙间流淌
我们却要在人世间里流逝

既然留不住逝去的时间
何不与时间为友
让脚步慢下来，
让心安静下来，
慢慢感受生活的路
细细倾听心灵的笛声
拉长我们的人生时光
延伸我们的生命长度

（2022 年 7 月 25 日）

时光若能倒流

时光若能倒流
就回到孩提时代
没有复杂的心思
只有单纯的心境

时光若能倒流
就让不如意的事变如意
弥补曾经的遗憾
就让错过的人得以相遇
了却曾经的心愿

时光若能倒流
就守住那爱情花
不让它枯萎
不让它被摘
用一生情做它的土壤

时光若能倒流
就重新画个人生轨迹
不让它太弯曲
不让它太波动
显得优美和雅致

时光若能倒流
就一定放飞自我
不为世俗所累
不为名利所困
畅游千山万水
做个自由自在的人

（2022 年 9 月 2 日）

时光相伴

岁月悠悠
人生匆匆
一路走来
时光相伴
多少事成往事
多少人成故人
多少景成旧景
多少情忘不了
多少梦追不回
回望来时路
才知时光
只是牵着我们的手往前走
从不告诉我们该如何走
我们总是一路跌跌撞撞
留下一串串的不甘和不舍
我们只能声声叹息
我们只能默默品尝

（2023 年 4 月 19 日）

时间的无情无义

我们的一生
总是遇到无数人
经过岁月的洗礼
经过时光的冲刷
有的人还记得
有的人已记不得
有的人还想起
有的人已想不起
再亲密的也变疏远
再熟悉的也变陌生
不是我们无情无义
而是时间无情无义
时间无情地拉开我们的距离
时间无义地切割我们的联系
在时间的长河中
大浪淘沙
没有人能熬过时间的等待
尽管我们都是战败者
但是我们都是自己时间的掌权者
只愿我们在有限的时间里
不惧时间的无情无义
只识人间的有情有义

纵然彼此不再相见
也不忘彼此的那份情、那段缘

（2023 年 6 月 26 日）

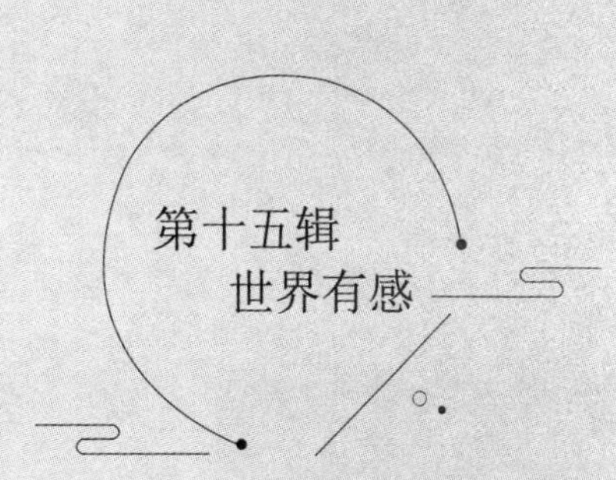

第十五辑 世界有感

大千世界与自我世界

置身大千世界
总是身不由己
常被嘈杂复杂所缠绕
常被世俗庸俗所困扰
奔波、忙碌，欲罢不能
追求、期盼，心中不止
外界的强大
让渺小的自我抵挡不住
外界的诱惑
让脆弱的自我抗拒不了
面对大千世界重重压力
人都以各自办法去解压
活下去是人的意志
活得好是人的信念
大千世界可以不需要我
我的世界却一定要有我
我的存在才有我的世界
有了我的世界
才能确证我的生命价值
才能实现我的生存意义
不论大千世界是精彩还是无奈
都要守住自我的世界
别在大千世界中迷失自我、丢失自我

（2021 年 9 月 12 日）

我们在这个世界里

无论我们在与不在
这个世界都依然存在
我们来到这个世界
是我们的幸与不幸
幸的是
我们阅历了这个世界
不幸的是
我们在乎这个世界
这个世界不在乎我们的存在
因为一代一代新陈代谢
每个人只是过路的客人
尽管这个世界不尽如人意
我们却不想浪费唯一的一次
在这个世界
每个人都努力地活着
都以各自的活法
演绎着各自的人生
不论前方的路如何
不论未来的结局如何
我们终将离开这个世界
只愿我们在这个世界里
能以尊严之心为己而活

能以平等之念与人相处
能以良善之举对待万物

（2021 年 12 月 7 日）

这个世界

世界纷纷扰扰
谁是谁非
谁对谁错
谁好谁坏
谁能分得清
谁能理得顺

置身这个世界
做明白人难
做糊涂人也难
保持清醒不易
坚持浑浑噩噩也不易
做人总是谨言慎行
做事常是千辛万苦

走过这个世界
没有人能当永久住客
没有人能被永久记住
没有人能享有一切
没有人能左右一切

面对这个世界
只有看淡看破
只有放开放下
只有珍惜珍重
只有坚强坚韧

（2022 年 1 月 28 日）

在这世界

在这世界
我们只是匆匆而过
没有人可重新走过
没有人可永久停留
时间如飓风
把我们吹得无影无踪

在这世界
不要自作多情
以为世界离不开你
不要自以为是
觉得世界不能没有你
其实每个人都有自己的活法
每个人都有自己的命运归宿

在这世界
难得的是
清清楚楚看清这世界
难得的是
明明白白看透这世界
任凭世界千变万化
只求我们互尊互爱

（2022 年 8 月 31 日）

世界好大，我们好小

这世界，我们来了又走了
来的时候不知道这世界是如何
走的时候才知道这世界却已晚
这世界从来不是为我们准备的
它只是让我们经过
它只是让我们受苦
它只是让我们遗憾

世界好大，我们好小
可我们心却比天高地大
我们曾幻想纵横天下
我们曾梦想畅游天下
我们曾理想开怀天下
这世界我们匆匆过
我们痴，我们狂
那又何妨？

（2022 年 9 月 29 日）

观世界有感

世界风云变化
我们很难置之不理
世界纷纷扰扰
我们很难岁月静好

我们可以不关心世界局势
可世界局势却会影响我们
它是一只无形的巨手
触碰我们的利益
触摸我们的良知

在是非面前
站在历史正确的一边
与世界潮流同行
这应是人类理性的选择吧
在道义面前
认同国际秩序和法则
与世界公理同在
这应是人类理智的决定吧

今天我们有幸见证世界的巨变
今天我们不幸经历世界的阵痛

（2023 年 2 月 26 日）

永恒的世界，短暂的我们

我们来之前，这个世界已存在
我们走之后，这个世界依然存在

在这个世界，我们只是边走边看
有时走得顺畅，有时走得很累
有时看到精彩，有时看到混乱

在这个世界，我们只是一个一个点
有的点只固定一处，有的点可四处游动
有的点消失得快些，有的点消失得慢些

永恒的世界，短暂的我们
我们注定悲伤，我们注定无奈

（2023 年 6 月 22 日）

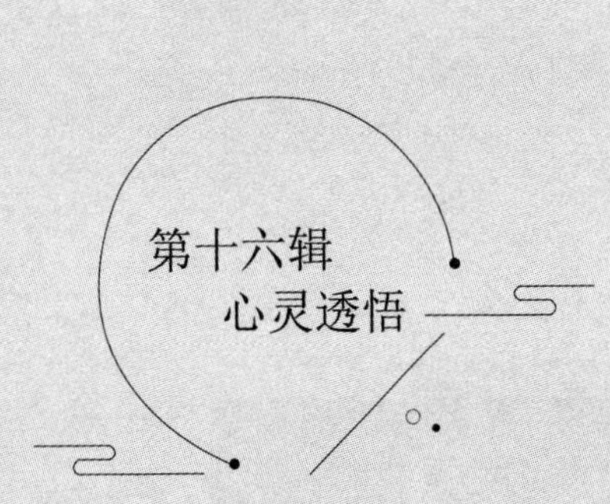

第十六辑 心灵透悟

往　事

过往之事皆往事
一生往事何其多？
有多少往事随风而逝
有多少往事过眼云烟
有多少往事不堪回首
有多少往事记忆犹新
有多少往事终生难忘

往事不论多少
都嵌入记忆里
都溶入生命中
只等待被唤醒

有时想想往事
可认清来的路
可明了去的路
有时忆忆往事
会深知人生实不易
会深悟生命诚可贵

一生走的路越长
往事就变得越厚重

一生过得越多彩
往事就变得越精彩

（2021 年 3 月 18 日）

思想与情感

你有你的思想
我有我的思想
各有各的思想
没有什么能阻止

你有你的情感
我有我的情感
各有各的情感
没有什么能扼制

思想那是让人明白事理的判断
它成就有个性的人
情感那是让人懂得冷暖的体验
它造就有温度的人

当思想的火花自由闪烁时
会发现人的王国拥有大大的空间
当情感的水流自由奔放时
会感到人的世界充满浓浓的爱意

做个有思想的人
用高远的意境拥抱理性

做个有情感的人
用大爱的情怀溶解冷漠

（2021 年 6 月 6 日）

空　空

来也空空
去也空空
空空一切
一切空空
既然空空
何必满满
心中空空
装得万事
眼中空空
容得万物
口中空空
方能言语
手中空空
方能握紧
常怀空空
放松自我
一生空空
善始善终

（2021 年 10 月 13 日）

回望来时路

回望来时路
走得那么累那么苦
开心的事总是瞬间即逝
烦恼的事总是接二连三
有趣的事常是少之又少
无趣的事常是多之又多
远虑近忧一路相随
奔波劳碌一路主题

回望来时路
有多少事可以重来
有多少人可以重逢
满天的星斗诉说无尽的愁怨
漂浮的云彩带来不尽的相思
一路随见繁华终落幕
一路随感一切皆是缘

（2022 年 4 月 12 日）

鲁迅笔下的

鲁迅笔下的祥林嫂
向别人诉说自己的不幸
第一次别人听了，表同情
第二次别人不想听了，不理睬
第三次别人就拒绝听了，还嘲讽
其实别人的同情是有限的
一生的苦难只有自己默默承受

鲁迅笔下的阿Q
总以为与人家同姓就是一家人
其实对人家有利时是一家人
对人家不利时就不是一家人
或者被人家当作替罪羊
或者被人家当作出气筒
自我麻痹总是容易
让自己清醒却很难

鲁迅笔下的孔乙己
认为自己穿上长衫就是有身份
不愿意像其他人坐着喝酒
以为自己的肚子里有墨水
就想教教别人识识字

可结果被人嘲弄
最后还是穷困潦倒而亡
明白自己的处境和条件
是必须有的生存意识

（2022 年 6 月 26 日）

无所谓

无所谓来
无所谓去
如一阵风刮过
如一缕烟吹过
如一片云飘过

无所谓得
无所谓失
水永远握不住
风永远捂不住
梦永远抓不住

无所谓生
无所谓死
一切皆偶然
一切皆无常
一切皆自然

（2022 年 7 月 3 日）

不变的意志

太阳划破夜幕的阻挠
播撒金色的种子
在天地间结出阳光的果

山涧的溪流一路狂奔
永不放弃对江河的向往
只求在大海的怀抱里永恒

路边的小草等待露珠的降临
好洗去行人带来的尘埃
保持清新的翠绿是不变的意志

小鸟们在森林里飞来飞去
不惧风雨和天敌的侵扰
尽情享受自由飞翔的快乐

（2022 年 7 月 19 日）

很　想

很想走遍所有的山川
一睹奇异美妙的景致
畅游在美丽的山河中
不再有世俗的一切羁绊
不再有人情的一切困扰
像白云自由飘逸在蓝天
像溪水自由流淌在大地
领略大自然馈赠的空灵之美
沉浸大自然给予的无我之境

很想走访所有的熟人
看看是否都别来无恙
曾经的那么熟悉
如今的那么陌生
曾经的那么亲近
如今的那么遥远
人生的聚散总是让人无奈
人生的缘分总是让人叹息
今天不论见与不见
都怀念每一次的遇见
都感恩每一次的相助

（2022 年 10 月 2 日）

犯错，纠错

在我们的人生中
总以为自己是完人
自己说的话总是对的
自己做的事总是对的
有错也是别人的错
有不是也是别人的不是
但假如每个人所说所做都是对的
人类也就没有那么多悲伤
也就没有那么多悲痛
也就没有那么多悲剧
其实在现实中
我们既可以是受害者
因为他人的错伤害了我们
也会成为施害者
因为我们的错伤害了他人
在人类的对错交织中
大家要做的就是努力减少自己的错
一旦发现自己的错
都要尽快纠错
减少错的伤害

降低错的伤害
要勇于正视我们会犯错
要敢于纠正我们所犯的错

（2022 年 12 月 14 日）

名 利

多少梦
逐名利
心机深深
心事重重
功成者有之
不免洋洋得意
落败者有之
不免垂头丧气

千古名利场
你方唱罢我登台
熙熙攘攘好不热闹
谁都知暗流汹涌从不停歇
多少人寂寞落幕
多少人暗淡收场
多少人半途折戟
多少人善始善终
名利是春药
让人兴奋
名利是毒药
让人痛苦
细思量

到头来
名利，终将是梦醒时分一场空
名利，终将是为他人作嫁衣裳

（2022 年 12 月 28 日）

正视，善待

一年又过去
一生又走一程
盘点过往
有些事如烟
有些事不如烟
有些人再见
有些人再也不见
预算未来
有些事可做
有些事不可做
有些人可遇
有些人不可遇
无论过往如何
也无论未来怎样
立足当下每一天
走好脚下每一步
正视每一件事
一切皆有因果
善待每一个人
一切皆有因缘

（2022 年 12 月 31 日）

放飞思想

你的思想是你的思想
我的思想是我的思想
我不可能统一你的思想
你也不可能统一我的思想
如果都统一成一个思想
大家就成了千人一面
大家就成了行走僵尸

拥有独立的思想
就不会人云亦云、随波逐流
就会理性判断、明智决断
拥有深刻的思想
就不会鼠目寸光、坐井观天
就会登高望远、放眼天下
拥有自由的思想
就不会墨守成规、因循守旧
就会勇立潮头、敢为人先

在思想的天空下
尽情放飞自己的思想
穿越一切束缚
穿破一切障碍

让独立的思想
确保自我的个性存在
让深刻的思想
提升自我的认知水准
让自由的思想
成就自我的创造活力

（2023 年 1 月 28 日）

信　仰

看不见
摸不着
发自于内心
植根于灵魂

不是强求
不是逼迫
那是真心的信任
那是真诚的仰望

飓风刮不走
暴雨冲不掉
是前进的灯塔
是力量的源泉

（2023 年 4 月 3 日）

发 呆

有时择一静处
独自一人发呆
什么也不思
什么也不想
呆呆望着天空的云彩
呆呆听着远处的鸟鸣
放空忙碌的自我
放飞多愁的自我
让自己变得空灵
让自己变得通透
进入天人合一之境
用心深吻灵魂
拥抱无我的喜乐

（2023 年 4 月 20 日）

小巷的寂寞

小巷悠长
寂寞无比
总是静静等待
寂寞的人穿过
那天寂寞的我
走在那寂寞的小巷里
不知道在青石板路上
是否会遇到寂寞的你？
当寂寞的你与寂寞的我相遇
你不再寂寞
我也不再寂寞
小巷也不再寂寞

（2023 年 4 月 25 日）

走着走着

走着走着
大家就渐行渐远
到后来
再见面，再相聚
就变得越来越少
有些人还会偶尔相见
很多人则是永难再见
其实大家最后都是
孤独一人前行
所有的遇见
都是偶然与必然合作的结果
成就了人生一次次的惊喜
所有的相聚
都是人们许久期待的实现
带给了人们难忘的美好印记
所有的别离
都汇成思念的长河
留下了千般回忆、万般回味

（2023 年 6 月 8 日）

划过心海的小船

心海犹如大海
它也是无边无际
它也是深不可测
它也会风平浪静
它也会惊涛骇浪
自己犹如小船
漂泊在心海上
一次次划过心海
一次次挑战超越

在心海上
苦渡那曾经的坎
苦渡那曾经的劫
苦寻那曾经的难忘
苦寻那曾经的失落

在心海中
迎接那升华的快乐
迎接那净化的喜悦
收获那思考的结晶
收获那透悟的果实

划过那心海的小船
纵然一身疲惫
也不放弃活着的信仰
始终扬起生命的风帆
坚持划起人生的双桨
奔赴理想的彼岸
追求空灵的境界
享受大爱的美好

（2023 年 6 月 30 日）

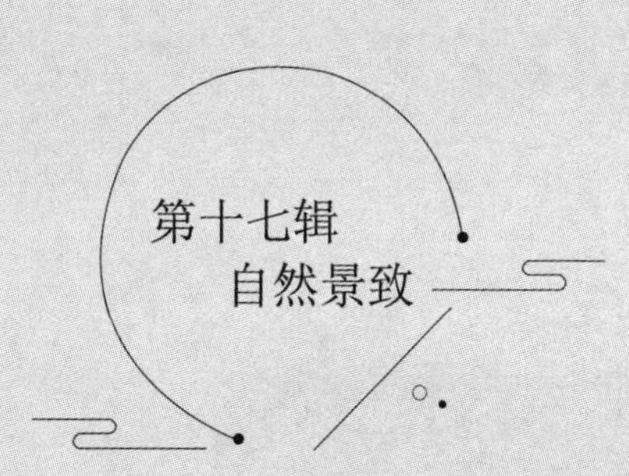

第十七辑 自然景致

日出日落

长夜的酝酿
光能的集聚
怀着梦想
带着期待
没有犹豫
没有徘徊
用坚定的意念
用守时的诚信
打开天边的黑幕
让阳光映照天空
让阳光洒满大地
唤起万物开始光合作用
唤醒人们开始新的生活

一日的运行
一日的坚守
没有喊苦喊累
没有怨气怨言
看着万物活跃
望着人们忙碌
是无比欣喜
是无比安慰

为了更好的明天
聚集新的力量
形成新的动能
收起奔波一日的阳光
再次拉上天边的黑幕

（2021 年 2 月 26 日）

黄昏的落日

天边烧红的大铁饼
从不烫伤人的手
却能刺痛人的眼

天边铸造的大圆镜
射出的万道红光
尽染城里的一切

天边打出的大蛋黄
让人好想咬一口
永远可望而不可即

（2022 年 10 月 10 日）

那轮明月

抬头望着窗外
只见遥远的天边
高高挂着那轮明月
她孤单了千年万年
想必她一定在等待陪她的伴

无数流星曾从她身边划过
他们都不曾对她回眸
她也不曾喊住他们
她知道他们的匆匆忙忙
是要去赴约他们的心爱

她伤感了千年万年
她的孤独只能到永远
她的苦楚只能到永恒
她的愁绪只能到永久
可她却把她的爱抛洒给了人间
给我们带来月色的温馨和浪漫
我们陪伴她、歌咏她、感念她

（2023 年 3 月 26 日）

月　光

又是明月夜
月光洒满大地
照亮每个角落
从不吝啬
从不偏心

月光温柔温馨
抚摸受伤的心
抹去失意的泪
安慰孤独的人

月光如痴如梦
引来多少浪漫人
讲着多少浪漫事
唱出多少浪漫歌

月光多愁善感
惹人遥想久别的人
惹人遥念曾经的缘
惹人遥寄思乡的情

又是明月夜
月光总是那么祥和
走过那遥远的时空
从不厌倦
从不停歇

（2023 年 5 月 16 日）

美 景

蓝蓝的天空
白白的云朵
绵绵的群山
清清的江水
凉凉的轻风
置身此景中
迷醉了双眼
陶醉了心情

世间处处有美景
只是未曾遇见
只是未用心找
若是遇见美景
若是找到美景
千万别错过
驻足脚步
慢慢细品
用美景养眼
用美景怡情
用美景静心
用美景升华
用一次次遇见的美景

用一次次找到的美景
装饰人生的画廊
享受人生的美好

（2023 年 5 月 29 日）

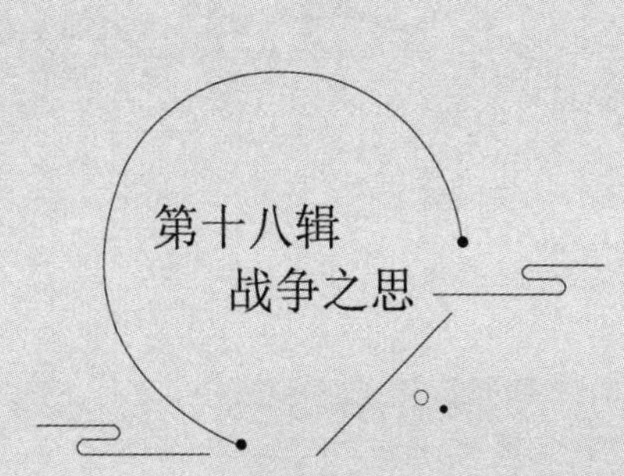

第十八辑 战争之思

战　争

一场战争
让多少鲜活的生命戛然而止
让多少美满的家庭破碎难圆
让多少活着的人们永远心痛

战争
多么残酷、悲伤的字眼
是突然瞬间对生命的夺取
那是人类永远无解的难题

面对战争
定要居安思危
更要珍惜生命的每一天
努力让人生行稳致远

（2022 年 3 月 31 日）

生命与战争

对生命敬重
就会远离战争
对生命轻蔑
就会走进战争
任何一场战争发起者
都是对生命极度轻蔑的人
他们只关心自己的权力和欲望
任何一场战争的胜负
都是以无辜的人的生命为代价
有多少人
在炮火中
被瞬间定格凝固
那每一个消失的生命
都是一场永恒的灾难
人类社会始终存在着大大小小的战争
走不出战争的怪圈
是人类永远的悲剧
愿所有人都深深敬重生命
让战争有多远就走多远吧

（2022 年 12 月 21 日）

战争之恶

那是血雨腥风
那是生灵涂炭
那是满目疮痍
那是对人性的泯灭
那是对人情的扼杀
那是死亡和火药的味道
那是恐怖和恐惧的惊悸
那是带给少数人士的利益
那是带给无数平民的代价
那是留给受害者难以煎熬的贫困
那是留给受害者无法弥补的伤痛
但愿无战争之地永保和平
但愿有战争之地早日和平

（2023 年 4 月 23 日）

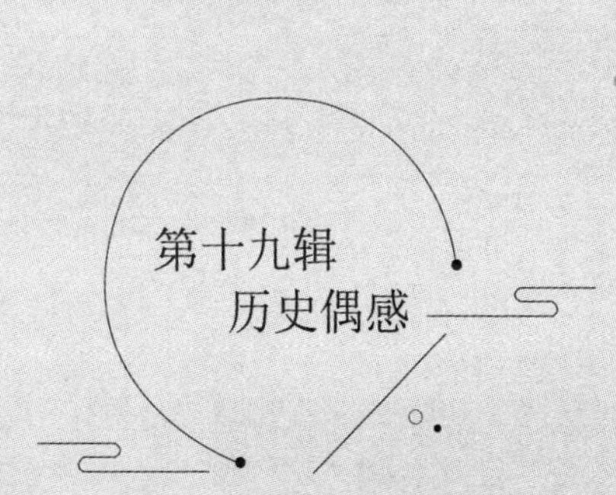

第十九辑 历史偶感

历史偶感

当一切尘埃落定
当一切盖棺论定
远去的是不灭的足迹
留下的是铮铮的事实
是是非非终将水落石出
恩恩怨怨终将泾渭分明

前行中的迷雾
需要理性的灯塔
照射出智慧的强光
穿透层层的遮挡
奔向可望可即的目标

遭遇苦难
是人类之不幸
制造苦难
是人类之悲剧
记住苦难
是人类之理智
避免苦难
是人类之祈愿

远去的时代
不曾消失在人们的记忆中
有人美好的回味
有人痛苦的回忆
有人好想重温
有人拒绝再有
时代的好坏与否
不在于当下的评价
而在于未来的检验

一个时代总会结出时代之果
时代之果是甜是苦决定于
这个时代人们的理性
非理性必然结出苦涩之恶果
不仅这一代人要承受
还有下一代或更多代人要遭罪
远离非理性
拥抱理性
是任何时代都必须有的

（2021 年 11 月 23 日）

历史和世俗

我们行走在人间的旅途上
总是背着历史与世俗的包袱
被历史无形牵引
受世俗无情缠绕
飞不出历史的天空
走不出世俗的天地

历史的一切
不论是否忘却
不论是否承认
都将永恒存在
历史的情景
总是或隐或现
一旦忘掉历史的伤痛
那悲伤的历史又会重现
理智之人
会记住历史的伤悲
会汲取历史的教训

世俗的一切
犹如巨大的网
罩住所有人的行为

世俗的框定
让人循规蹈矩
世俗的从众
让人束缚个性
世俗的平庸
让人缺乏深刻
理智之人
会分清世俗的正负
会守住世俗的良善

历史和世俗
无论怎样影响我们
我们都应当有所为
穿越历史的浓雾
寻找清晰、可行的前进方向
冲破世俗的栅栏
寻找情真、义正的生活价值

（2022 年 6 月 4 日）